Walcyr Carrasco

O ANJO LINGUARUDO

© WALCYR CARRASCO 1999

COORDENAÇÃO EDITORIAL: Maristela Petrili de Almeida Leite
EDIÇÃO DE TEXTO: Maria de Lourdes Andrade Araújo
ASSISTÊNCIA EDITORIAL: Sônia Valquiria Ascoli
GERÊNCIA DA PREPARAÇÃO E DA REVISÃO: José Gabriel Arroio
PREPARAÇÃO DO TEXTO: Roberta Oliveira Stracieri
REVISÃO: Maria F. Cavallaro, Taeco Morissawa
GERÊNCIA DE PRODUÇÃO GRÁFICA: Wilson Teodoro Garcia
EDIÇÃO DE ARTE: Anne Marie Bardot
PROJETO GRÁFICO: Rogério Borges
CAPA: Luiz Fernando Rubio
ILUSTRAÇÕES: Cris & Jean
DIAGRAMAÇÃO: Christiane Borin
SAÍDA DE FILMES: Helio P. de Souza Filho, Luiz A. da Silva
COORDENAÇÃO DO PCP: Fernando Dalto Degan
IMPRESSÃO E ACABAMENTO: BMF Gráfica e Editora
LOTE: 773.082
COD: 12023168

Dados Internacionais de Catalogação na Publicação (CIP)
(Câmara Brasileira do Livro, SP, Brasil)

Carrasco, Walcyr, 1951 —
O anjo linguarudo / Walcyr Carrasco ;
ilustrações Cris & Jean — São Paulo : Moderna, 1999. —
(Está na minha mão! Viver valores)

Inclui encarte para o professor.

1. Valores (Ética) – Literatura infantojuvenil
I. Cris. II. Jean. III. Título. IV. Série.

99-0339   CDD-028.5

Índices para catálogo sistemático:
1. Valores : Ética : Literatura infantojuvenil   028.5
2. Valores : Ética : Literatura juvenil   028.5

ISBN 85-16-02316-8

Reprodução proibida. Art.184 do Código Penal e Lei 9.610 de 19 de fevereiro de 1998.

Todos os direitos reservados

EDITORA MODERNA LTDA.
Rua Padre Adelino, 758 - Belenzinho
São Paulo - SP - Brasil - CEP 03303-904
Vendas e Atendimento: Tel. (011) 2790-1300
Fax (011) 2790-1501
www.modernaliteratura.com.br
2023

Impresso no Brasil

Apresentação

Alguma vez na sua vida você já quis comprar tudo o que aparece na tevê, sem se preocupar com quem vai pagar? Já teve problemas com amigos fofoqueiros ou já delatou alguém na escola? Já mentiu, já "passou cola" em prova? Já foi acusado injustamente de uma coisa que não fez? Já enfrentou um valentão e obedeceu suas ordens com medo de apanhar dele? Já teve ciúmes dos pais, inveja de alguém, foi humilhado e se viu sozinho e com medo do fracasso?

Parabéns! Se você respondeu **não** a todas essas perguntas, você não tem motivo pra ficar orgulhoso (até porque nem deve entender o que é orgulho). Você deve ser o mais novo robozinho da indústria cibernética.

Parabéns! Se você respondeu **sim** a algumas dessas perguntas, você não tem motivo nenhum pra ficar envergonhado. Você é humano.

E ser humano é ter dúvidas. É saber que o Bem e o Mal (assim, com letras maiúsculas) não existem de maneira solta, no ar, como se fossem passarinhos. São coisas difíceis de compreender. Difíceis de definir no dia-a-dia. Mais difícil ainda é saber optar quando enfrentamos uma situação que nos obriga a tomar uma posição e a gente não tem muita certeza se vai agir certo ou errado naquela hora.

Essas decisões difíceis contribuem para a *formação da consciência moral*. Verdade: a gente aprende a *formar uma opinião* sobre o que é certo e errado. Não nascemos sabendo isso nem podemos jogar nas costas dos outros (pais, professores, sacerdotes, parentes, amigos mais velhos) a responsabilidade de decidirem por nós.

Antigamente, no tempo dos avós, era comum que o patriarca da família olhasse feio e pronto! Os filhos calavam a boca, se encolhiam, obedeciam em tudo... Será que por isso os filhos sabiam o que era certo ou errado? Ou só agiam por medo?

Hoje tem muita gente que acha que o jovem e a criança já têm de saber sozinhos o que é certo ou errado. E se um adolescente faz uma bobagem é culpa dele. Há também quem acuse a própria escola, como se ela tivesse obrigação de ensinar moral para os alunos.

Sabe de uma coisa? A escola *tem sim* uma grande obrigação moral *para com* seus alunos. Mas não como um substituto daquele vovô autoritário. Não para oferecer o único lugar onde os jovens poderão descobrir certezas no seu comportamento. Na verdade, a escola deve ser *o espaço de discussão* de temas morais. Lugar onde se possam colocar situações de conflito para se discutir e refletir sobre valores, para que cada um chegue a uma conclusão própria, autônoma, sobre o que deveria ser feito. Mesmo porque apenas você será responsável pela sua decisão.

Para enriquecer essa discussão, a Editora Moderna lançou **Está na Minha Mão! Viver Valores**. O nome já diz tudo: está na *sua mão*, leitor, optar por uma solução para questões muito sérias, que envolvem temas morais.

A série é constituída por pequenos romances inéditos, escritos por autores experientes da literatura infanto-juvenil, e apresenta personagens da sua idade, que enfrentam verdadeiras barras: delação, injustiça, consumismo, inveja, amizades desfeitas, insegurança, agressividade... Puxa! Quanta coisa esses personagens tiveram de enfrentar, e quantas dúvidas a respeito da melhor decisão...

Vamos compartilhar dos seus problemas? Ao discutir saídas, poderemos perceber que o diálogo entre pessoas interessadas na construção de valores como justiça, liberdade, dignidade, respeito à vida é o caminho para nosso aperfeiçoamento e meta para um mundo mais justo.

Marcia Kupstas e Maria Lúcia de Arruda Aranha

Sumário

1. Sem ninguém 9

2. Candidato a anjo 20

3. Vida nova 30

4. O vira-lata 42

5. Massa de modelar 52

6. Rabo de foguete 60

1. Sem ninguém

Minha vida é que nem uma roda-gigante, cheia de subidas e descidas. Quando penso que chegou a calmaria, tudo vira de cabeça pra baixo. Já me aconteceu tanta coisa! Nunca vou esquecer a tristeza de quando perdi meus pais. Também, sempre vou lembrar do dia em que perdi o medo de ouvir meu coração. É uma longa história, que vou contar desde o começo.

Morávamos bem no interior do Paraná. Era uma casa simples, de madeira, com uma quitanda na frente. Alugada. Meus avós maternos viviam na mesma cidade, em outro bairro. A família se reunia todos os domingos, no almoço. Ou na casa de vovó ou na nossa. Tanto vovó como mamãe cozinhavam superbem. Faziam de tudo. Frango recheado. Lasanha. Pudim. Manjar. No Natal, havia uma espécie de bolo, chamado cuca. Nunca mais comi um igual.

Nossa casa tinha cortinas nas janelas. Uma televisão enorme na sala. Quando voltava da escola, eu ajudava mamãe na quitanda. Papai ia fazer compras. Eu gostava de sentir o perfume da alface, do almeirão. Das frutas. Às vezes, pegava um pano e esfregava as laranjas até ficarem com a casca bem brilhante. Ajudava as freguesas a escolher. Tinha jeito pra ver se o abacaxi estava bom. Apertava o fundinho. Se estivesse bem molinho, é porque estava doce. As freguesas agradeciam.

— Seu filho sabe escolher fruta boa.

Mamãe sorria. Estava grávida novamente. Certos dias, tinha enjoo. Nessas vezes, eu cuidava sozinho da quitanda. Se vinha freguês, chamava. A barriga dela foi crescendo. Pela conversa da minha avó, meu novo irmão chegaria em dois meses. Meu pai vivia dizendo que, quando eu crescesse, faria faculdade. Já que ele não pôde, faria tudo para eu conseguir. Planos é que não faltavam.

— Ainda vou comprar esta casa! — prometia.

Foi quando começou a chover.

No começo, ninguém ligou. Era até bom. Papai comentou:

— A colheita vai ser boa!

Pensei nas frutas e verduras que viriam pra quitanda. Bem bonitas! Mas a chuva não parou. Eu morava numa rua calçada de pedra. A da esquina era de terra. Logo virou pura lama. Às vezes, o aguaceiro era muito forte. Não havia guarda-chuva capaz de segurar. Chegava em casa ensopado. As roupas secavam num varalzinho pendurado perto do fogão. As prateleiras da quitanda começaram a ficar vazias. As frutas e verduras estavam se estragando por causa da chuvarada. O que vinha era supercaro. As freguesas reclamavam. Mamãe explicava:

— A chuva destruiu as plantações. Os preços subiram.

Antes, as freguesas compravam com fartura. Agora, levavam só o necessário.

Certo dia, meu pai olhou pela janela, preocupado. Estava chovendo há três dias. Tão forte que nem na escola eu ia.

— O rio está subindo — ele disse.

Todo mundo no bairro andava com essa preocupação. O rio estava alto. A rua mais próxima estava cheia d'água. Dava pra andar, mas chapinhando. A água batia na porta das casas. Algumas vizinhas, mais abaixo, colocaram tudo em cima de mesas e de tábuas sobre tijolos. Nunca imaginamos, porém, que a água pudesse chegar lá em casa. Até a noite em que uma barragem, muitos quilômetros acima, não conseguiu mais segurar a tempestade.

Nunca vou esquecer aquela noite. Fui dormir cedo. Mamãe ainda ficou conversando com papai até tarde. Acordei com uns gritos. Não sei se dos vizinhos ou da minha mãe. Papai me sacudia:

— Corre, Felipe!

Pulei da cama. A água bateu no meu tornozelo. Tentei vestir minha calça, ele não deixou. Corri só de camiseta e cuequinha. Ventava. Papai tinha botado uma escada do lado de fora de casa. Mamãe esperava. O barrigão enorme. A mala cheia, com roupas colocadas às pressas. Enquanto eu corria pra fora, a água subia sem parar. Chegou no meu peito. Senti a correnteza. Se não fosse a mão de papai e de um vizinho me segurando firme, podia ter sido arrastado. O vizinho me ajudou a subir. Papai acudia mamãe com uma das mãos e segurava a mala com a outra. Era difícil vencer cada degrau. A escada balançava. A água, cada vez mais forte. Só conseguimos nos reunir no telhado quando a água atingiu o alto da porta.

O bairro todo tinha virado um rio. Nos outros telhados, os vizinhos gritavam, choravam. Uma menina da minha classe estava de camisola molhada. Tremia de frio. Um rapaz, três casas abaixo da minha, tinha subido com a guitarra. Abraçava-se nela como se fosse a coisa mais preciosa do mundo. As pessoas salvavam as coisas mais malucas. Tinha gente segurando retrato da família, gente com saco de comida. Uma família, não sei como, chegara até o telhado com a televisão. Abriram o guarda-chuva em cima do aparelho. Como se adiantasse alguma coisa. A chuva caía por todo lado. Deitei no colo da minha mãe. Ela tremia e chorava. Deu um vazio no estômago. O que seria de nós? Ao longe, ouvimos um grito. Alguém fora arrastado pelas águas. Tentava nadar. Alguns homens atiraram cordas dos telhados. Era uma mulher, com uma garota de uns 6 anos presa nos braços. Agarrou-se. Foram puxando a corda, até um telhado pertinho do nosso. A menina ainda segurava uma boneca. A mãe chorava, perguntando:

— E meu marido? Alguém viu meu marido?

Todo mundo disfarçava, virava o rosto, sem coragem de responder.

Cheguei a pensar que a água ia subir mais do que os telhados e levar todos nós. Ela só parou depois de passar os batentes das portas. Passamos a noite toda tremendo de frio. O estômago doía de tanta fome. De manhã, veio um barco. Todos nós começamos a acenar e gritar. Era gente da televisão, filmando a enchente. Muitas vezes, depois, vi o programa, com minha família e os vizinhos: todos, nos telhados, molhados e com frio. O barco se aproximava. Uma repórter com capa de chuva, batom, muito bonita, fazia perguntas do tipo:

— E a senhora, está muito triste? Perdeu a casa na enchente?

Já viu pergunta mais boba? Será que alguém ia dizer que estava alegre, batendo palmas? A repórter ia de pessoa em pessoa, fazendo as mesmas perguntas. Algumas pessoas gritaram por ajuda. Pediram socorro.

Aos poucos foram chegando barcos de resgate. Levaram primeiro mulheres e crianças pequenas. Um deles parou junto a nosso telhado. Dois bombeiros desceram, ajudaram mamãe e eu a entrar. Conseguimos levar a mala. Fomos navegando. Era impossível acreditar. Até um dia antes eram nossas ruas, nosso bairro, nossas casas! Quando o barco parou, num aterro, fomos pegos por uma perua. Chegamos a um colégio imenso, no centro da cidade, e, junto com outras famílias, fomos levados para a quadra de esportes. A comunidade tinha arrumado colchões. Várias igrejas estavam ajudando com roupas, comida. Um grupo de pessoas fazia um sopão. Logo que chegamos, uma garota se aproximou. Pegou nossos nomes, deu um número à mamãe e indicou alguns colchões.

— Vocês podem ficar aqui.

De tanto cansaço, mamãe parecia capaz de cair em cima do colchão. Eu quase gritava de fome. Entramos na fila. Ganhamos um prato de sopa cada um. Dentro da sopa tinha de tudo. Verduras, carne, osso, frango. Logo senti o estômago quentinho. Deu sono. Mamãe me deixou cuidando da mala e foi até uma outra fila, a de roupas. Voltou com dois cobertores, um lençol, um travesseiro e algumas roupas. Como só tinha conseguido salvar algumas coisas dela e de papai, voltou com calça e camisa para mim. Tão grandes que eu cabia inteiro numa perna só da calça. Mesmo assim, pus. Depois, eu me enrolei na manta. Deitei num colchão e dormi. Nem sei por quanto tempo.

Quando acordei, papai já estava com a gente. Vovô e vovó também. Tinham vindo nos visitar. Conversavam num tom de voz triste. Dava dor de estômago só de ouvir. A casa de meus avós estava salva: não fora atingida. Mas a gente não podia mudar pra lá. A irmã de mamãe, tia

Ciça, vivia na casa deles desde que o marido perdera o emprego. Não havia espaço para nós. Nem comida.

— Pelo menos aqui na quadra não vamos perecer — disse papai.

A quadra transformou-se na nossa casa. E na de uma porção de famílias também. Tivemos esperanças durante algum tempo. Mesmo antes da água baixar, já se falava em reconstruir as casas. Mamãe era a mais pessimista.

— E a quitanda? Tudo o que a gente tinha estava lá.

Papai, silencioso. O tempo foi passando. Ninguém reconstruiu coisa nenhuma. Quando as águas baixaram, não havia sobrado quase nada de nossa casa, e o que se salvou estava sujo, rasgado, amassado. Mesmo que papai se esforçasse, de que adiantava? Era uma casa alugada. O proprietário não tinha como consertar. O bairro praticamente acabou. Muitos vizinhos ficaram na mesma situação. Mamãe estendeu varais em torno de nossos colchões. Pendurou lençóis, que funcionavam como paredes. Alguns moradores conseguiram televisões. Era legal ficar vendo com uma porção de gente em volta. De vez em quando discutiam para escolher o programa. Eu pensava nos ciganos. Deviam viver assim. Não faltavam moleques da minha idade. Passava uma boa parte do tempo brincando. Durante muitas semanas não tive aula. Minha escola fora destelhada. Mudei para outra, assim como outras crianças desabrigadas. Todo mundo ia e voltava junto, na maior farra. Cada família construiu um fogãozinho com tijolo e carvão. Recebíamos cestas básicas, com arroz, feijão e doce em lata. A comida era contada. Mas de barriga vazia nunca fiquei.

Papai começou a procurar emprego. Impossível. Muitos homens andavam em busca de trabalho. Era uma cidade pequena, com poucas indústrias, pouco comércio. Vagas, só para quem tivesse muita sorte.

Meu irmão Gabriel nasceu nessa época. Dois vizinhos acudiram e levaram mamãe para o hospital. De lá, fomos para a casa da vovó. Ficamos duas semanas. Papai continuou na quadra, para não perdermos o lugar. Foi um desastre. Ele não podia ficar por lá o tempo todo. Acabaram roubando algumas das roupas boas que mamãe salvara na mala.

Mamãe estava muito apegada ao Gabriel. Abraçava e beijava meu irmãozinho o tempo todo. Como se fosse uma coisa preciosa, que não pudesse perder.

Quinze dias depois voltamos para a quadra. Era uma vida difícil. Sem dinheiro pra nada. Minha roupa estava sempre com um cheiro esquisito. Não dava pra lavar direito. Nem tomar banho todos os dias eu tomava. Os chuveiros eram poucos pra tanta gente. Tinha fila. Demorava. Apesar do frio, era raro ter água quente.

Um dia papai descobriu uma solução:

— Encontrei um amigo. Ele conhece o dono de uma agência lá em São Paulo.

— Agência? — mamãe estranhou.

Era uma agência de empregos. Contratavam caseiros do Sul. Sabia de uma vaga. Mamãe envergonhou-se:

— Trabalhar de doméstica?

Exatamente. Ela seria empregada pra todo serviço: lavar, passar, cozinhar. Ele, motorista e jardineiro. Não é que entendesse tanto de jardim, mas tinha experiência em horta, logo aprenderia o resto.

— Diz que o emprego é na casa de um milionário.

Mamãe estudou até quase a faculdade. Vivia dizendo que se arrependia muito por não ter se esforçado um pouco mais. Tinha dificuldade em arrumar emprego, apesar de saber ler e escrever muito bem.

— O problema é que não tenho profissão definida — vivia dizendo.

Papai tinha o segundo grau, carta de motorista profissional. Aquele emprego parecia caído do céu.

— Oferece casa, comida e um salário que não é ruim. Dá até pra guardar um pouco por mês.

Normalmente, os patrões não costumam aceitar casal com filhos. Mas o amigo de papai telefonou para São Paulo, deu boas referências e o futuro patrão acabou aceitando o bebê. Era um homem sozinho, que não gostava de barulho de criança, me explicaram. Era pegar ou largar. Decidiram que eu ficaria na casa dos meus avós. Papai conversou comigo.

— Você já está crescido. Tem de entender.

Não entendia coisa nenhuma. Chorava. No fim, ele perdeu a paciência. Gritou que seria assim, quisesse ou não quisesse. Até hoje eu não entendo a lógica desse patrão. E se eu prometesse ficar quietinho?

— É impossível. Mas prometo! Ainda dou um jeito de levar você pra lá — garantiu mamãe.

O patrão enviou o dinheiro da passagem. Meus pais partiram com o bebê. Fui viver com meus avós na casa abarrotada de gente. Meu novo endereço passou a ser o sofá da sala. Horrível. Era obrigado a acordar bem cedo, mesmo que fosse domingo ou feriado. Vovó queria deixar a casa em ordem logo de manhã. Pior. Além de mim, meu primo Rodolfo também dormia na sala. Era só dois anos mais velho que eu. Sempre fomos muito apegados. Seu colchão era bem do lado do sofá. Reclamava pra burro por ser forçado a levantar cedinho. Vovó obrigava os dois a dobrar a roupa de cama e deixar a sala arrumadinha. Nenhum de nós se importaria com a chateação de vovó se não fosse outro problema. O chulé do tio Agenor, filho mais novo de vovó. Era o terceiro a dormir na sala. Em um colchão embaixo da janela. O chulé dele era fortíssimo! Trabalhava numa fábrica e usava tênis o dia todo. Quando o tirava, eu quase desmaiava. Dormir no mesmo cômodo era um sufoco.

— Um dia você acostuma — dizia Rodolfo.
— Como eu vou acostumar, se nem você acostumou?

Era verdade. Mesmo dormindo na sala há mais de dois anos, Rodolfo não suportava o chulé. Uma vez tentamos reclamar. Vovó até nos deu razão. Tio Agenor ficou furioso. Prometeu uns cascudos. Quando eu pensava no futuro, só tinha um sonho: ter uma casa com um quarto só pra mim! Com cama e guarda-roupa!

Morria de saudades dos meus pais. Sentia vontade dos abraços de mamãe, do colo quentinho. Vovó me abraçava de vez em quando. Mas estava sempre ocupada, cozinhando, lavando e passando para aquele batalhão de gente. Minha tia Ciça, mãe de Rodolfo e de mais dois filhos, trabalhava fora. Fazia e servia café numa empresa no centro da cidade. Café feito em tambores

enormes! Que nem esses usados para carregar lixo! O gosto devia ser horrível! O marido dela, meu tio, estava desempregado há dois anos. Vivia de bicos como pintor, eletricista. Às vezes, eu ouvia os adultos discutindo na cozinha. Não havia dinheiro para sustentar tanta gente. Vovô brigava com o marido de titia, exigindo que arrumasse um emprego. Ele atacava de volta. Vovô também não tinha ordenado fixo. Salários, só os do tio Agenor e da tia Ciça. Bem baixos, por sinal. Papai mandava alguma coisa para pagar minha parte. Reclamavam que era pouco. Como se eu devorasse uma tonelada a cada refeição! Quem salvava a situação, às vezes, era vovó. Cozinhava muito bem, como já disse. De vez em quando era chamada por uma doceira, para ajudar. Mas só quando a encomenda era muito grande. Eu adorava essas ocasiões. Ela sempre voltava com uma trouxinha de doces pra mim e pros meus primos. Agora, só de lembrar, me deu saudade!

Mamãe ligava todas as semanas para um telefone comunitário. Vovó esperava no horário combinado. Conversavam, ela voltava alegre, dizendo que o patrão estava gostando muito dos meus pais. Tentavam juntar dinheiro. Mandavam beijos. Certa vez, vovó me levou ao orelhão. Falei com mamãe, depressa. Ela prometeu:

— Mais cedo ou mais tarde, você vem morar com a gente. Aos poucos estou convencendo o patrão.

Certa madrugada, ouvi o som de uma buzina. Abri os olhos. Pelas frestas da janela, vi a luz. Nem amanhecera! A seguir, bateram na porta. Tio Agenor virou-se no colchão. Reclamou. Então ouvi a voz de papai:

— Ó de casa!

Saltei da cama, corri para a porta. Lá estava ele, de botas, calça *jeans*, camisa branca. Parecia um fazendeiro. A seu lado, mamãe, sorrindo. Com uma cara de sono que só vendo. Meu irmão no colo. Senti os braços de papai me agarrando. Ele me ergueu, bem alto.

— Felipe!

Nunca tinha me abraçado com tanto entusiasmo! Foram entrando. Vovó apareceu de camisola e penhoar.

— Paulo, Isa, que surpresa!

— Viemos com o carro do patrão.

Na cozinha, vovó fez um café, bem forte. Esquentou leite. Perdi o sono. Queria ouvir as novidades. Pelas palavras de papai, tudo parecia maravilhoso. Viera buscar mudas de pinheiro. O patrão permitira que usasse a caminhonete para pegar as mudas.

— Vou plantar em vasos e daqui a alguns meses vender como árvore de Natal — explicou papai.

Um amigo forneceria as mudas. Fizera a viagem com uma caminhonete enorme. De um modelo que eu nem conhecia! Minha mãe contou que o patrão era um homem que vivia sozinho, numa casa enorme. Viúvo. Sem filhos. Chamava-se Samuel. Tinha sido pianista e viajado o mundo todo tocando. Às vezes, treinava o dia inteiro.

— Não suporta barulho! Quando o Gabriel começa a chorar, faço tudo pra ele ficar quieto. Senão o patrão fica chateado. É... não tem sido fácil.

Apesar de algumas manias, era generoso. A casa ficava num condomínio fechado e tinha muitos jardins. Meus pais moravam numa pequena casa, no fundo. Tinham sua própria horta.

Vovó espantava-se:

— Tudo isso para um homem sozinho?

— Ele gosta de viver bem! — comentou mamãe.

Papai continuou falando das maravilhas do emprego. Podia usar a caminhonete como se fosse sua.

— E eu? Quando vou poder morar com vocês?

Mamãe e papai se olharam, sem jeito.

— É questão de tempo — ele disse.

Havia uma outra novidade. Dessa não gostei nem um pouco.

Uma vizinha do condomínio estava precisando de uma cozinheira. Papai tinha falado de vovó.

— Eu?

Na hora, tanto vovó como vovô, que viera do quarto atraído pela conversa, ficaram furiosos.

— Você quer que eu vá pra São Paulo e deixe todo mundo aqui, sozinho? — espantava-se ela.

Era uma saída para a situação da família toda, acreditava papai. Nessas alturas, tio Agenor, tia Ciça, seu marido e meus primos já estavam sentados em torno da mesa. Davam palpites. Uns eram a favor, outros, contra. Até que papai disse o salário. Aí, todos foram a favor.

— Pagam tudo isso só para uma cozinheira? — vovô não acreditava.

Era verdade. Na mesma tarde, papai ligou para São Paulo, confirmando. Vovó aceitava. Chorei muito. Tia Ciça trabalhava fora, nunca me daria atenção. Todos decidiram que vovô e meus tios cozinhariam. Fiquei imaginando a gororoba que seria obrigado a engolir. Cada um de nós se tornaria responsável por uma tarefa doméstica. Eu e Rodolfo ficamos encarregados de limpar a casa todos os dias e lavar os pratos. A família animou-se, pensando no dinheiro que vovó iria mandar. Só eu não gostei. Seria horrível ficar longe dela também!

Tudo aconteceu muito depressa. Partiram no dia seguinte, com duas caixas de mudas de pinheiro na caminhonete. Eram uns pinheiros lindos, que nascem nas montanhas do Paraná.

De noite, a família se reuniu na mesa da cozinha. Era triste comer sem vovó. E o arroz, então, parecia cola. Tia Ciça suspirou:

— Já vi que você não sabe mesmo cozinhar, papai.

Ela decidiu que, antes de sair, bem de manhã, deixaria o arroz feito:

— Mas com a mistura, o senhor se vira — ela avisou.

Fomos deitar mais cedo. Todos estavam tristes com a partida de vovó. Ouvi titia conversando com o marido, no quarto:

— Era melhor continuar se virando. Mamãe não podia ter ido embora. Foi errado. Vou pedir para ela voltar! Não fica nem um mês em São Paulo!

Às quatro da manhã bateram na porta. Pancadas fortes. Tio Agenor levantou, mal-humorado. Perguntou quem era. Assustou-se quando soube. Era um vizinho de dois quarteirões acima. O único que tinha telefone por perto. Meu tio botou calça e camisa. Atendeu. Percebi que falavam baixinho. Tio Agenor começou a soluçar. Eu nunca ouvira meu tio chorando.

— Tem certeza?

Acendeu a luz. A família toda se levantou. Sentei no sofá, morrendo de sono. O vizinho, com ar triste, estava parado na porta:

— Sinto muito.

As pessoas falavam, todas ao mesmo tempo. De repente, entendi.

— Meu pai! Mamãe! Vovó! Gabriel!

A estrada era mesmo perigosa, tinha má fama. Uma curva fechada, quase no final da viagem. Nunca ninguém soube exatamente o que aconteceu. A caminhonete deslizou de uma pista para a outra. Vinha uma carreta. Os peritos disseram que, pelo ângulo da batida, meu pai ainda tentou desviar, virando o volante com todas as forças. Com o impacto da batida, foram arrastados alguns metros. Vários carros se chocaram, tentando evitar o impacto. A trombada foi de lado, bem na porta de mamãe. Sua cabeça quase foi arrancada do pescoço. Seu corpo tentou proteger Gabriel, e uma das mãos voou para baixo do banco. Os médicos afirmaram que meu irmãozinho morreu sem sentir nada, graças a ela. Vovó, no banco de trás, ficou presa nas ferragens. Meu pai foi encontrado agarrado ao volante, com todas as forças. Pelo que me contaram, foi seu último gesto, um gesto de desespero. Como se, além da vida, ainda tentasse salvar o resto da família.

Perdi todos de uma vez. Sobrou a saudade. Saudade e um medo danado do que ia me acontecer! Que seria de mim, sozinho no mundo?

19

2. Candidato a anjo

Quem mais ajudou a resolver as coisas foi tia Noeli, irmã de vovô. Morava em São Paulo há anos. Trabalhava num apartamento. Foi quem telefonou, avisando. Ajudou vovô quando ele foi sozinho para São Paulo tratar do enterro e da papelada. Não houve velório. Conseguiram enterrar os corpos num cemitério público. Foi horrível pensar que, mesmo depois de mortos, todos ficariam longe de nós. Não pude me despedir, como as pessoas fazem quando alguém vai embora para sempre. Quando doía muito, eu pensava que não era verdade. Tentava acreditar que meus pais, meu irmão e vovó estavam vivos. Vivos, mas longe de mim. O pior é que ninguém me deixava ficar triste. Era só ficar num canto, pensativo, que alguém chegava.

— Não fica triste — dizia Rodolfo.

— Chorar não adianta! — avisava tia Ciça.

É uma coisa que eu não entendo. Como é que não ia ficar triste? Como não ia chorar? Assim, além de todo sofrimento, eu brigava:

— Deixa eu ficar sozinho!

— Não seja mal-educado! — falava tia Ciça.

Ou:

— Homem não chora! — avisava tio Agenor.

Eu chorava mais ainda, por causa da braveza dele.

Quem também não se conformava era vovô. Passava os dias sentado, pensativo:

— Vivi quase quarenta anos com ela! Queria ter ido primeiro!

Algumas vezes, ouvia cochichos. Culpavam papai.

— Ele sempre correu muito com o carro — comentava tia Ciça.

— O laudo do acidente diz que a culpa foi dele — concordava tio Agenor.

— Nada foi provado — argumentava vovô.

Quando me olhavam, era como se me culpassem também. Por ser filho de quem era. Por vovó e mamãe.

Aos poucos, as lágrimas foram secando. Uma outra preocupação surgiu na família. O que fazer comigo? Nada era dito na minha frente. Mas numa casa tão pequena, tão cheia de gente, era inevitável que eu ouvisse pedaços de conversa.

— É meu sobrinho, não podemos jogar na rua! — falava tia Ciça.

— Não conseguimos criar nem os nossos, vamos sustentar mais um? — rebatia seu marido.

Vovô e tio Agenor conversavam também.

— Esse menino precisa ter um futuro! — comentava vovô.

— Eu não tenho dinheiro nem pra casar. Quanto mais pra criar filho dos outros! — respondia meu tio.

Sei muito bem que tudo isso era da boca pra fora. Ninguém pretendia me pôr na rua. Quando papai era vivo, mandava um pouco de dinheiro pra pagar minha pensão. Como já contei, vovó fazia doces, ajudava nas despesas. Depois da tragédia, vovô não tinha ânimo nem para fazer bicos. De fixo, a família toda contava só com os minguados salários de meus tios. Eu tinha me tornado um estorvo. Um dia, tio Agenor apareceu com um frango inteiro. Estava em oferta no supermercado. Ficou com o peito. Tia Ciça escolhia a melhor parte da comida para seus filhos. Os meus primos ganharam as coxas. Quiseram me dar o pescoço. Reclamei. Con-

segui as asas, e ainda fui chamado de guloso. Minhas roupas envelheceram. Ganhei as usadas de Rodolfo. O tênis apertava. Reclamei, era horrível para andar. Pediram para esperar, era muito caro. Passei semanas com o dedão doendo. No fim, vovô conseguiu um tênis velho do filho de uma vizinha. Nem material de escola podiam me comprar.

Tentaram achar a família do meu pai. Nem sinal. Sua mãe tinha morrido há anos. Ao que se sabia, só tinha primos bem distantes. Quem acabou resolvendo o assunto foi tia Noeli, irmã de vovô. Foi uma surpresa. Certo dia, tia Ciça voltou do trabalho com um sorriso de orelha a orelha e uma novidade para mim:

— Você vai pra São Paulo!

Assustei-me. Vovô ficou espantado. Tio Agenor, Rodolfo e meus priminhos vieram saber da novidade.

— O antigo patrão de seu pai quer que você vá morar com ele.

Não entendi. Se ele tinha horror de criança, por que me queria agora?

Tia Ciça explicou. A irmã de vovô, Noeli, fora até o condomínio em que ele morava pegar alguns documentos. Eram importantes para receber o seguro obrigatório, que normalmente é dado às famílias dos acidentados. Conversou com o homem. Contou de mim. Ele disse que gostaria de fazer alguma coisa. Ficara muito triste com tudo o que aconteceu. De tão chateado, decidira mudar para um apartamento na cidade.

— Esta casa é muito grande. Na cidade não preciso mais de caseiro — resolvera o ex-patrão, seu Samuel.

Pediu uns dias para pensar. Telefonou algum tempo depois. Voltou a se encontrar com tia Noeli. Tinha esta proposta:

— Fiquei muito sozinho depois da morte da minha mulher. Não tenho filhos. Se você quiser, crio o garoto.

Todos lá em casa ergueram as mãos para o céu. Menos eu.

— Como é que vou morar com alguém que eu nem conheço? E que nem queria que eu fosse pra lá antes?

— Não tem querer ou não querer — frisou tia Ciça. — Você vai e pronto.

Ninguém me defendeu. Vovô tentou me consolar.

— Vai ser melhor pra você.

Eu estava morrendo de medo. Tia Ciça contou tudo o que soube através da tia:

— Seu Samuel sempre quis adotar um menino crescido. Diz que não tem jeito com criança pequena. Quer dar casa, estudo. Como se fosse seu filho.

— Mas então por que não me quis antes?

— Entenda de uma vez, Felipe. Ele quer alguém para ser como se fosse filho dele. Antes, era diferente. Você ia morar com seus pais. Agora, ele vai ser seu pai.

— Não quero outro pai! — gritei.

— Fica quieto — ameaçou tio Agenor.

Os olhos de vovô brilharam. Eu poderia ter tudo que ele sonhou pra mim.

— A lei exige um período de convivência, experiência — explicou tia Ciça.

— Quer dizer que ele pode devolver o Felipe? — espantou-se meu primo Rodolfo.

— Pode. Se não der certo. Mas você vai fazer tudo pra dar certo. Não vai, Felipe?

Fiquei parado, sem saber o que responder. Experiência? Eu já tinha ouvido falar em experiência no emprego. Mas com criança?

— É assim mesmo. Pode ser que ele não se acostume com você ou vice-versa — disse vovô.

— E se ele me devolver? — assustei-me.

— Aí você vai ver com quantos paus se faz uma canoa — avisou tio Agenor. — Nós aqui, passando necessidade, e você vai jogar fora uma oportunidade dessas?

Tremi. Não queria oportunidade nenhuma. Apesar de me darem o pescoço do frango, eram minha família. Tive medo de ir embora.

— Assino os papéis — disse vovô. — Pode avisar que levo o Felipe quando o homem quiser.

Logo tudo foi combinado. Eu deveria chegar em uma semana, para o início das aulas. Eu me senti como se fosse um saco de batatas, jogado de um lado pro outro. Cachorro tinha mais sorte que eu. Pelo menos tem dono. Tudo aconteceu muito depressa. Seu Samuel já estava me matriculando numa escola próxima de seu apartamento. Mandou o dinheiro da passagem. Tia Ciça comprou os bilhetes na rodoviária, pra mim e pro vovô. Botou poucas coisas na minha mochila.

— Um homem de posses como ele não vai querer que você use roupa velha.

Antes de partir, vovô me deu um presente.

— Este é o álbum de casamento de seus pais. Sua mãe deixou em casa uma época, por isso não estragou na enchente. Guarde, para lembrar deles.

Pesava bastante. Mesmo assim, carreguei com carinho. Partimos no início da noite. Fizemos baldeação em Curitiba. Chegamos de manhãzinha. A irmã de vovô, Noeli, esperava na rodoviária. Abraçou vovô, emocionada.

— Há quantos anos! E seus cabelos?

Vovô riu. Que cabelos? Estava quase careca.

— E sua cintura, Noeli?

Comemos um sanduíche lá na rodoviária mesmo. Vovô comprou uma passagem de volta.

— O senhor vai aguentar?

— Durmo no ônibus. Não tenho onde ficar aqui em São Paulo.

— Se eu pudesse, convidava. Mas a patroa é muito exigente. Não posso hospedar ninguém! — explicou tia Noeli.

Abracei vovô com um aperto no coração. Quem sabe, a gente nunca mais iria se ver!

Tia Noeli me apressou:

— Vamos depressa. Não posso demorar pra voltar ao serviço.

Tomamos duas conduções. Estava tão cansado que mal conseguia carregar a mochila. Tia Noeli era uma mulher forte. Andava depressa. Às vezes, para segui-la, eu perdia o fôlego. Finalmente chegamos a um bairro cheio de prédios. Havia somente uma casa ou outra nas redondezas. Prédios bonitos, com jardins na frente e guaritas para porteiros. Paramos em frente a um deles, com uma enorme escadaria na entrada.

— É aqui.

Ela apertou a campainha. Assustei-me quando ouvi uma voz saindo do muro. Era o interfone. Lá onde eu morava não existia interfone. Minha tia disse seu nome e o número do apartamento para onde íamos. O porteiro demorou um pouco. Finalmente, ouvi um zumbido. O portão se abriu.

— Seu Samuel disse que podem subir.

Meu coração disparou. Finalmente ia conhecer meu futuro "pai"! E se ele não gostasse de mim? E se me devolvesse, logo de cara? No elevador, tia Noeli reforçou:

— Você vai fazer tudo pra ele gostar de você. Vai ser bonzinho, comportado. Vai estudar. Vai ser um anjo.

Tive vontade de fugir. Correr pela rua até ninguém nunca mais me encontrar. A porta do elevador se abriu. Entramos num corredor com duas portas. Titia bateu na da direita, que se abriu imediatamente.

Vi um homem meio gordo. Calça *jeans*. Camisa branca e tênis. Óculos. Cabelo mais comprido do que curto. Despenteado. Sorria. Eu estava nervoso. Não sabia o que fazer. Seu Samuel tentou quebrar o gelo:

— Felipe, como vai? Muito prazer.

Estendeu a mão, como se eu fosse adulto. Apertei. Entramos numa sala enorme. Dentro dela cabia toda a casa do meu avô, lá no Paraná. Notei que tia Noeli entrava cuidadosa, sem jeito.

— Não quero atrapalhar.

— Fique à vontade. Quer um café?

Tia Noeli sorriu, sem jeito.

— Sabe o que é... eu não posso demorar muito. Preciso chegar a tempo de fazer o almoço.

— Pelo menos um café.

Ela sentou-se na beiradinha de um sofá. Quase em seguida, uma senhora alta, de calças compridas, veio com uma bandeja. Duas xícaras.

— Quer café, Felipe? — perguntou seu Samuel.

Percebi que não havia xícara para mim. Disse que não. Ele fez as apresentações:

— Esta é a Joelma. Veio trabalhar comigo desde que mudei pro apartamento.

— No lugar da minha mãe?

Seu Samuel me olhou com tristeza.

— Não, Felipe. Sua mãe era caseira da outra casa em que eu morava. Era uma espécie de chácara. Aqui é um apartamento, o trabalho é outro. Não vale a pena comparar.

Olhei para ele, bem firme.

— Como é que eu chamo o senhor?

— Pode me chamar de tio. Tio Samuel.

Ouvi um latido. Uma cachorrinha preta, peluda, veio de dentro. Parou na minha frente. Rosnou.

— Não tenha medo. Ela não morde.

Seu Samuel estalou os dedos. Ela pulou no colo do dono.

— Ofélia, este é o Felipe. Ele vai morar aqui — falou para a cachorra.

— Oi, Ofélia.

Acenei. Ela rosnou de novo. Tia Noeli levantou-se.

— Bem, ele está entregue. Qualquer coisa, o senhor tem meu telefone.

Ele estendeu a mão. Despediram-se.

— Se quiser ver o menino, é só telefonar.

Ela agradeceu e partiu. Percebi que não ia aparecer tão cedo. Afinal, nunca tinha me visto antes daquele dia.

— Vem conhecer o apartamento.

Eu estava morrendo de sono, cansaço, sei lá... Mas não disse nada. Primeiro, ele me mostrou a cozinha.

— Normalmente, a gente come aqui. Quando tem visita, é na mesa de jantar, na sala.

Fiquei com medo só de pensar. Não sabia comer fazendo cerimônia. Ele continuou. Chegamos a um escritório, com um piano.

— O piano é sagrado. Nunca mexa nele sem minha autorização.

Depois vinha seu quarto, bem grande. Em seguida, o meu. Era enorme também. Tinha cama, escrivaninha, uma estante. E também algo que eu só tinha visto em filme! Um banheiro só pra mim! Estava até feliz. Joelma veio atrás, pegou minha mochila. Abriu. Notei que tirou minhas roupas com desprezo. Quase nojo. Fui ajudar.

— Deixa que eu penduro — ela se adiantou.

— É que eu quero guardar o álbum — eu disse, preocupado.

Seu Samuel abriu uma gaveta.

— Põe aqui.

Em seguida, propôs:

— Vai tomar um banho. É bom para descansar.

Só queria cair na cama. Disfarcei. Joelma me deu uma toalha.

E eu que sonhei em ter uma cama, um guarda-roupa, agora tinha até um banheiro só pra mim.

O chuveiro era incrível. Bastava abrir e já saía a água bem quentinha. O sabonete era superperfumado. A toalha felpuda. Na casa do meu avô, as toalhas eram tão ralas! Algumas tinham buracos! Quando terminei o banho e voltei para o quarto, tive a primeira surpresa. Um conjunto de moletom em cima da cama, novinho. Fiquei em dúvida. Será que alguém tinha esquecido na minha cama? Fiquei enrolado na toalha, sem saber o que fazer. Seu Samuel, que eu devia chamar de tio, mas ainda não estava acostumado, bateu na porta.

— Acabou o banho?

— Vou me vestir.

— Veja se o abrigo que comprei pra você serve. Disseram que é o número correspondente a sua idade.

Era tão bonito que mal tive coragem de vestir. Abrigo como aquele só tinha visto nas vitrines. Ficou um pouco largo, mas não me importei. Pra quem já vestiu roupas como aquelas da época da enchente, era até luxo demais! Do outro lado da porta, ele avisou:

— Bota o tênis velho. Não comprei novo porque não sabia o número.

Saí do quarto. Ele me esperava, sempre sorrindo.

— Você deve estar com fome.

Fiz que sim. Ofélia, a cachorrinha, veio latindo. Rosnou, olhando pra mim e abanando o rabo.

— Logo, logo ela se acostuma com você.

Tentei ser simpático. Chamei:

— Vem, Ofélia, vem!

Ela rosnou novamente. Dei um passo. Ela correu e latiu de longe. Ri.

— Ela também tem medo de mim!

Fomos para a cozinha. Na mesa havia um pratinho com presunto e queijo. Pãezinhos. Uma torradeira para fatias de pão de fôrma. Bem no centro, um bolo coberto de glacê branco e coco ralado. Espantei-me.

— É aniversário do senhor?

Riu. Era mesmo um homem de sorriso fácil.

— Que é isso! Vamos comemorar sua vinda, Felipe! Estou muito contente porque você chegou.

Ele me ergueu nos braços e me sentou na cadeira. A cachorrinha latiu de novo. Notei, surpreso, que Joelma me olhava de um jeito esquisito. Como se estivesse brava. Mas não liguei. Estava sentindo um nó no peito. O rosto vermelho. As orelhas queimavam. Olhei para o bolo branco, enorme. Nem em aniversário eu tivera um bolo tão grande.

De repente, nada mais tinha importância. Nem o tamanho do apartamento, nem o quarto só pra mim. Nem todas as promessas de escola e vida boa. O que importava era aquele olhar. Tio Samuel me olhava com um brilho que até hoje eu não sei explicar. Engasguei. Bateu uma emoção forte em mim. Tentei segurar, mas não consegui. Era um soluço atrás do outro. Ele me abraçou. Chorei, chorei. Molhei a camisa dele. Quando me acalmei, ele me deu um beijo na testa.

— Tudo vai dar certo, Felipe. Você vai ver.

Decidi que nunca iria decepcionar meu novo tio. Nunca!

Virei candidato a anjo!

3. Vida nova

Já conhecia a expressão "pisando em ovos". Mas só na casa do meu novo tio descobri o que queria dizer. Fazia de tudo para não incomodá-lo. No meu quarto havia uma televisão e um *videogame*. Deixava bem baixinha. Nunca falava alto. Andava devagarzinho, principalmente quando ele tocava piano. Tratava a cachorra como se fosse rainha, só porque ele gostava dela. Embora muitas vezes Ofélia rosnasse pra mim, acabamos ficando amigos. De noite, ela adorava deitar na minha cama, bem no quentinho. Eu nunca pedia nada. Acordava e já tomava banho, antes dele mandar. Quando papai e mamãe foram trabalhar na casa em que ele morava antes, tio Samuel dissera que não queria barulho de criança. Mesmo que tivesse mudado de opinião, eu fazia tudo para não incomodar. Morria de medo que me devolvesse. Tinha saudade do meu avô, do meu primo Rodolfo. Até do mau humor da tia Ciça. Lá me sentia mais à vontade. Mas eles tinham insistido tanto para eu vir. Não podia voltar. Ser novamente um estorvo.

Às vezes era difícil fazer tudo direitinho. Comer com cerimônia, por exemplo. Mesmo um candidato a anjo não deve passar tanto vexame, como aconteceu comigo da primeira vez. Tio Samuel ia receber uma amiga, Lavínia. Os dois viviam juntos pra cima e pra baixo. Ele resolveu fazer um jantar para me apresentar a ela. Joelma preparou frango assado com ervas, arroz, salada e suflê. Meus problemas começaram assim que sentei na cadeira da sala de jantar. Havia dois garfos e duas facas. Veio primeiro a salada. Não sabia por qual talher começar. Olhei para Lavínia. Ela pegou o garfo e a faca do lado de fora. Fiz o mesmo.

Era horrível cortar alface com faca, mas consegui. Quando terminamos, tio Samuel retirou os pratos de salada. Pôs o frango na mesa.

— Aceita um pedaço, Felipe? — ofereceu Lavínia.

Claro que eu aceitava. Estava quase desmaiando de fome. Ela botou uma coxa bem apetitosa. Depois, arroz e suflê! Eu não conhecia suflê, mas experimentei com a pontinha do garfo e adorei. O problema foi o frango. Nunca tinha comido frango com garfo e faca. Só com a mão. É uma delícia. Adoro comer até ficar de boca lambuzada. Vi Lavínia e meu novo tio começarem a cortar o frango, bem delicadamente. Faca na mão direita, garfo na esquerda. Tentei espetar o frango com meu garfo. Ele rodou. Tentei de novo. Consegui. Mas o garfo não ficou bem firme, porque encontrou o osso. Quando fui cortar com a faca, a coxa de frango rolou para o outro lado. Tentei segurar com a faca e ela pulou, como se fosse viva! Espalhei arroz pela mesa inteira.

Lavínia e tio Samuel riram. Quis me enfiar embaixo da mesa. Eles disseram que não tinha importância.

— Não sei comer como rico! — expliquei.

Disseram que estava tudo bem. Com o tempo, aprenderia a usar os talheres.

Lavínia cortou a coxa em pedacinhos, no meu prato. Ficou mais fácil.

No dia seguinte, Joelma me atormentou na cozinha.

— Tinha arroz espalhado pela casa toda. Bem se vê que você veio da favela.

— Não vim da favela! — gritei.

— Eu é que não sei — ela torceu a boca e deu de ombros.

Joelma não gostava mesmo de mim. Eu tinha percebido isso desde o primeiro dia. Fingida, quando estava na frente do meu tio, ela me tratava bem. Longe, nem ligava pra mim. Eu quase nunca tinha roupa pra vestir.

Sempre dizia que estavam lavando. Reclamava se eu deixava o banheiro molhado. Nunca me fazia lanche pra levar à escola. Quando eu saía, meu tio ainda estava dormindo. Ela servia café com leite, de mau humor. Qualquer coisa que eu reclamasse, levava pedrada. Se dizia que o leite estava frio, por exemplo, ela respondia:

— Você é que demorou pra vir pra mesa. Se quiser, esquente!

Mas eu não contava para tio Samuel. Sabia que Joelma tinha vindo trabalhar logo depois da mudança para o apartamento. Ouvira tio Samuel dizer que era "ótima empregada". Resolvi ficar quieto. Ainda bem que passava boa parte do dia na escola. Fora matriculado no período integral. Era uma escola cheia de bosques, com jardins e hortas para os alunos cuidarem. De manhã, estudava como as outras crianças. De tarde, uma turma menor tinha aulas especiais. Aprendia capoeira, pintura, inglês, computação e uma porção de coisas bem legais. Na escola, longe dos olhos do meu tio, eu me sentia bem mais à vontade! No período integral ficavam mais três da minha idade: a Raquel, o Ricardo e o André. Os outros eram bem menores. Ficamos amigos. A gente nunca se largava: eu, a Raquel, o Ricardo e o André. O André morava no meu prédio. A Raquel, numa casa antiga, a algumas quadras. O Ricardo, no edifício da esquina. Um sábado, a Raquel convidou nós três para uma festinha. A casa parecia um clube. Tinha piscina, quadra de tênis! Seus pais eram donos de uma empresa que fabricava xampus, sabonetes e uma porção de produtos de beleza. Passei o dia todo num churrasco. Meu estômago ficou estufado de tanto comer. Em comparação, tio Samuel era bem mais pobre. Mas a família de Raquel tinha verdadeira admiração por ele.

— Foi um pianista muito importante. Fez sucesso no exterior.

Ficava inchado de orgulho só de ouvir os elogios ao tio Samuel. Os pais de Ricardo e André eram mais ou menos como meu tio. Trabalhavam, deviam ganhar bem. Seus apartamentos eram bonitos, com móveis lustrosos, chão brilhante. Empregadas servindo. Eu via tudo aquilo e nem tinha coragem de contar sobre minha vida de antes. Ambos sabiam que meus pais tinham morrido num desastre. Mas eu não contava que eram caseiros do tio Samuel. Que, aliás, nem era meu tio de verdade. Ou que minha mãe era uma empregada. A gente se divertia muito. Em segredo, resolvemos:

— Vamos ser que nem os três mosqueteiros! Um por todos, todos por um! — disse Raquel.

Topei, feliz da vida. Raquel vivia inventando. De vez em quando, a gente pulava o muro da casa dela pra pegar goiaba no quintal da vizinha. Era uma delícia. A vizinha era uma viúva que morava sozinha num casarão enorme, com um pomar no fundo. Nunca apanhava as goiabas, que viviam bicadas pelos passarinhos. Mas ficava furiosa se via a gente comendo alguma.

— Saiam do meu quintal! — gritava.

Muitas vezes reclamava com a mãe de Raquel, que parecia não dar muita importância.

— São crianças! — explicava.

Depois, chamava Raquel:

— Para de atormentar a vizinha.

Só que nós todos percebíamos que ela estava com vontade de rir, em vez de dar bronca!

Acontece que Raquel pegou uma implicância danada com um menino chamado Geraldo. Era de duas classes abaixo da nossa. Só chegou um mês depois de começadas as aulas. Era magro, mirradinho. Não falava nem ouvia direito. Quando tentava falar, a voz saía de um jeito esquisito. Muitas vezes não dava para entender. E para que ele entendesse alguma coisa, era preciso articular bem as palavras e gritar bem alto. Os outros meninos da classe dele ficavam sempre brincando juntos. Ele não conseguia. Estava sempre de lado, olhando todos se divertirem. Talvez por isso começou a andar atrás da gente. Eu, por ter morado no Paraná e trabalhado na quitanda, entendia alguma coisa de horta. Eu adorava cuidar dos canteiros. Todas as tardes, a escola destinava um tempo para cuidar da horta e do jardim. Raquel, André e Ricardo iam comigo. Eu ensinava alguma coisa. Mas eles aproveitavam, porque eu acabava ajudando nos canteiros deles. Geraldo também parecia gostar de plantas. Sempre nos seguia. Tentava ajudar, mas acabava estragando o que já estava feito. Raquel começou a implicar com o menino. Um dia, veio com a novidade:

— Ele é adotado.

Parecia até uma coisa horrível, ser adotado. Fiquei triste.

— Mas eu também sou.

— Você mora com seu tio, é diferente!

Fiquei quieto. Era melhor que pensassem assim. Eu tinha orgulho do tio Samuel, embora não fosse meu tio. Mas eu já considerava como se fosse! Raquel sabia de tudo sobre Geraldo. Sua mãe era amiga da dele. Era um desses meninos abandonados bem criancinha. Ninguém sabia quem eram seus pais. Fora tirado de um orfanato. Nunca aprendera a falar. Seria preciso um longo tratamento. Contando assim, dá uma enorme pena do Geraldo. Conviver com ele era outro negócio. Era um chato.

Já contei do jardim e da horta? Bastava a gente começar a capinar, ele aparecia. No jogo de bola, ficava de lado, olhando. A Raquel jogava a bola longe e mandava:

— Vai buscar.

Ele não entendia. Ela mostrava a bola, ele corria e pegava. Ela jogava de novo.

Era um pidão. Se algum de nós comprava refrigerante, ele fazia sinais de que queria. Se não davam, batia o pé. Dava uma espécie de grito, bem alto. A gente era obrigado a oferecer, só pra ele parar de gritar. No vestiário, tinha mania de amarrar o cadarço dos nossos tênis. Uma vez pus os meus sem perceber. Quase caí de boca no chão quando fiquei de pé. Ninguém percebia. Nem as professoras-assistentes, que cuidavam de nós. De manhã, ele ficava na classe dele. De tarde, só aprontava quando não havia ninguém por perto. Não é que fosse ruim. Fazia malandragem para brincar, tentar se comunicar com a gente. Mas tudo "estourou" no dia que mexeu no canteiro da Raquel.

Depois de muita dificuldade, ela conseguiu que vingassem umas mudas de rosas. Dificuldade, sim, porque Raquel não tinha muita paciência com plantas, e rosas, então, são mais difíceis de cultivar. Mas quando viu as mudas verdinhas, ela ficou toda orgulhosa. Passou a cuidar delas como se fossem seus brinquedos preferidos: ia lá todos os dias, regava, tirava os matinhos teimosos, conversava com elas. A professora estava satisfeita.

— É bonito ver como você cuida do verde, Raquel.

Raquel sorria. Logo uma das roseiras deu um botão. Ficamos na maior curiosidade para ver de que cor seria. Desabrochou uma rosa vermelho-encarnado, linda. Dava até vontade de comer. Raquel ficou toda exibida. Levou até as crianças menores para verem a rosa.

— Fui eu que plantei a muda! — contava.

Eu achava exagerado, porque meu canteiro vivia dando flor e nem por isso eu vivia me exibindo. Nunca tinha feito tanta festa. Uma tarde, quando chegamos no canteiro, ela levou o maior susto.

— Minha rosa!

Tinha sido cortada. Só ficou o talo.

— Ah, se eu pego quem fez isso! — ela gritou, enfurecida.

A aula seguinte era de Artes. Quando entramos na sala, a rosa já estava na mesa da professora, dentro de um copo.

— Minha rosa! — exclamou Raquel.

— Muito obrigada! — disse a professora.

Ninguém entendeu nada. Pensamos que a professora tivesse pego a rosa. Até Raquel, que era respondona, ficou sem jeito. A professora começou a aula, com um sorriso enorme.

— Hoje aconteceu uma coisa muito bonita. Raquel, colega de vocês, cortou a rosa do seu canteiro e pediu para o Geraldo trazer pra mim! Por isso, hoje, todos vamos desenhar uma rosa!

Só aí entendi! Era o Geraldo que tinha cortado a flor! Como ninguém entendia muito bem o que ele falava, a professora deve ter pensado que a Raquel foi quem mandou a rosa. O que será que passou pela cabeça dele? Até hoje não sei. Durante a aula, eu nem tinha coragem de olhar para a Raquel. Estava furiosa. Em vez de desenhar a rosa, quase rasgou o papel com o lápis. Ricardo ainda conseguiu fazer uma mancha encarnada. André ficou de beiço, emburrado. Quando acontecia qualquer coisa com a Raquel, ele ficava desse jeito. Como se fosse com ele. Eu fiquei triste. Apesar de o Geraldo ser um chato, não o achava tão ruim. De certa forma, ele era parecido comigo. Também estava vivendo numa nova família. Tentando se adaptar, como eu ouvira a Lavínia comentar uma vez, na sala com meu tio. Talvez tivesse medo de ser devolvido, como eu. E agora, se a Raquel reclamasse dele?

— Desta vez ele me paga! — esbravejou, quando saímos da aula.

Tentei acalmá-la:

— Deixa pra lá, Raquel, foi só uma flor. Na roseira tem mais botões...

Ricardo pensava como eu:

— Ele não fez por mal.

— O Gê não tinha o direito de arrancar minha rosa!

Para minha surpresa, Ricardo foi firme:

— Então você devia ter contado tudo pra professora. Ela podia falar com ele, explicar.

— É isso mesmo, ainda dá tempo! Eu mesmo posso explicar pra ele! — ajudei.

André ficou do lado de Raquel:

— Pois eu acho que ele merece uma lição.

— Tive uma ideia — disse Raquel.

Eu sabia que vinha desforra. Ela continuou:

— O Geraldo é louco por chocolate. A gente dá um bombom cheio de pimenta pra ele.

— Em vez de dar, é melhor pôr na mochila, escondido! — sugeriu André. — Aí ninguém vai saber de quem é a culpa.

Ela se entusiasmou:

— É isso mesmo. Enquanto um põe o bombom, os outros ficam vigiando.

Ninguém disse mais nada, porque tocou o sinal para voltar à aula. Durante a noite, pensei, repensei, então achei que se tio Samuel descobrisse, ia ficar furioso. Já conheço um pouco a cabeça dos adultos. Se eu contasse sobre o que aconteceu com o Geraldo, ia dizer:

— Você deve ficar do lado dele.

Bem que era verdade. No jardim e na horta, eu gostava de ver o esforço daquele menino, sempre querendo ajudar. Imaginei como seria horrível comer um chocolate com pimenta. Ainda mais pra ele, que parecia ter medo de tudo. Tomei uma decisão. No dia seguinte disse a meus amigos:

— Não quero participar desse negócio...

— Você é nosso amigo ou não é? — espantou-se André.

— Vocês são meus melhores amigos. Mas não quero me meter em confusão.

— Nós combinamos ser que nem os três mosqueteiros! Um por todos, todos por um! — reclamou Raquel.

— Meu tio vai ficar furioso comigo se formos descobertos.

— Mas ninguém vai ficar sabendo — afirmou André.

— Não posso me arriscar — respondi.

Todos me olharam de um jeito esquisito. Como se eu fosse um estranho. Senti um mal-estar geral. Mas também não brigaram comigo.

A vingança aconteceu no dia seguinte, no recreio da manhã. O pátio ficava cheio de alunos de todas as classes. Logo que saímos, vi Raquel chamando o Geraldo. Ela deu um jeito dele deixar a lancheira no chão, perto do André. Fingiu que ia mostrar alguma coisa. E o Geraldo adorava a Raquel. Foi, sem desconfiar. Vi André colocando alguma coisa dentro da lancheira. Devia ser o tal bombom. Não vi Ricardo por perto. Não aguentei, fui para o meu canto. Queria estar longe dali!

Instantes depois, ouvi um grito. Na verdade, não era um grito, era mais um soluço bem alto. Era o Geraldo, que nem um bicho. Fazia uns sons diferentes, como se a garganta ainda não estivesse acostumada a emitir a voz. As professoras-assistentes correram. Pegaram o Geraldo e o levaram para dentro. Ele não parava de choramingar e gemer. Raquel e André tapavam a boca, morrendo de rir. Ricardo, chateado.

— Estou com dó do Geraldo — eu disse.

Ricardo olhou para o chão.

— Não tenho nada a ver com isso. Também pulei fora.

Afastou-se. Os alunos formaram vários grupinhos, cochichando. Encontrei Raquel.

— Felipe, você viu como ele gritou? Pusemos pimenta-malagueta bem forte dentro do bombom!

— É pura maldade. Aposto que você ia odiar se comesse um doce com pimenta.

— Ah, mas que foi muito engraçado, foi!

Eu queria ser um anjo. Tenho certeza de que tio Samuel seria contra uma coisa dessas.

— Pois eu acho horrível! — disse.

— Horrível é você! — revidou Raquel.

Ficamos de cara virada.

À tarde, Geraldo não compareceu à aula. Fiquei preocupado. A orientadora olhou para nós quatro de um jeito estranho. Chamou o André para conversar. Quando saiu, estava pálido.

— Ela quer saber quem foi. Disse que a mãe do Geraldo está furiosa.

— Então já descobriram do bombom?

— Não sei como, o Geraldo conseguiu contar. Parece que ele e a mãe se entendem. Acho que vai dar rolo.

— Você andou falando alguma coisa? — perguntou Raquel.

— Lógico que não! Mas é claro que ela desconfia da gente.

André ficou sério.

— O negócio agora é não contar. Ficar firme.

O próximo a ser chamado na diretoria foi o Ricardo. Demorou tanto que, quando voltou, Raquel estava supernervosa.

— A orientadora falou até em expulsão. Quer descobrir quem foi, de todo jeito.

— E você, ficou de bico calado?

Ricardo retrucou:

— Bem que vocês mereciam levar uma invertida. Só que eu não contei nada, não.

— Amigo é amigo, é isso aí! — sorriu André.

A orientadora, dona Sueli, veio me chamar.

Raquel falou, bem baixinho:

— É a sua vez! Fique firme!

Entrei na sala com o coração disparado, as orelhas fervendo. Dona Sueli me encarou, bem firme.

— Você já sabe o que aconteceu com o Geraldo.

— Só vi quando ele começou a gritar no recreio.

— Deram um bombom com pimenta para ele. Uma pimenta forte. Demorou para passar o ardor. O ardor não é o principal. Pensa na vida do Geraldo, Felipe. Cresceu em orfanato pobre. Sem tratamento. Sem conseguir se comunicar direito. Finalmente encontrou uma família. Sua mãe adotiva não tem outros filhos. Dedica-se só ao Geraldo.

Fiz que entendia, com a cabeça.

— Ele está com ela há poucos meses. Tentando se adaptar. Ainda morre de medo de apanhar. Quem sabe quanto ele sofreu, onde vivia? Morre de medo de tudo. Tenta chegar perto das pessoas, mas não consegue. Já imaginou suas dificuldades?

Engoli em seco. Mas resolvi continuar firme.

— Aí ele vem para essa escola. Encontra vocês, amigos. Brinca. Eu sei que ele costuma brincar com vocês.

Continuei quieto.

— De repente, fazem uma coisa dessas com ele. Voltou a sentir o mesmo medo que sentia antes. Está em casa, apavorado. Ultimamente, estava conseguindo falar algumas palavras, progredindo. A mãe dele telefonou há pouco tempo. Agora, com o susto, é como se ele tivesse perdido tudo o que conquistou, aprendeu. Serão precisos dias, talvez semanas, quem sabe, meses, para passar o medo. Ele se sente traído, entende?

Senti uma lágrima correr pelo meu rosto. Ela se aproximou.

— Agora vem o principal. Eu sei que foi alguém da sua turma que fez isso. Lá no pátio, a inspetora de alunos viu um menino enfiando alguma coisa numa lancheira, durante o recreio. Estranhou, porque a lancheira estava no chão. Viu quando Geraldo chegou e tirou o bombom lá de dentro. Não sabe identificar o menino que mexeu na lancheira.

Senti um superalívio. O negócio era ficar firme, como a Raquel pedira.

— Só sabe que é um menino mais crescido. Como você.

Será que ela desconfiava de mim?

— Dona Sueli, eu não sei de nada.

— Pois eu acho que você sabe. O Geraldo não largava vocês durante o período da tarde. Pensei que gostavam dele!

Continuei bem quieto.

— O gato engoliu sua língua, Felipe?

Fiz que não. Meu rosto corou. Ela percebeu.

— Você não se importa com o Geraldo?

— Claro que sim! Mas não sei o que aconteceu.

Dona Sueli suspirou. Cruzou as mãos. Apelou para um novo argumento.

— O seu tio se importaria.

Fiquei gelado. Não queria que tio Samuel soubesse daquela história.

— Antes de você entrar nesta escola, seu tio veio conversar com a gente.

— Sim, senhora.

— Falou muito de você. Contou... contou todas as coisas ruins por que você passou. Falou das esperanças que tinha! Ele gosta muito de você, Felipe.

Seria horrível se meu tio pensasse que era eu.

— Você quer decepcionar seu tio?

— Não, dona Sueli, de jeito nenhum.

— Então você deve contar o que aconteceu. Geraldo é mais fraco que todos vocês. Foi agredido. Nem pôde se defender. O que seu tio vai achar da sua atitude ao saber que ficou em silêncio? Ou, pior ainda, que participou de tudo isso?

— Eu não participei!

— Não? Então conte o que aconteceu.

Foi aí que eu contei. Tudo. Desde o primeiro dia que o Geraldo apareceu. A história da rosa. O plano do bombom. Detalhe por detalhe. Contei tudo. Naquele momento, o mais importante era não decepcionar meu tio.

4. ☼ Vira-lata

Quando saí da sala de dona Sueli, não tive coragem de encarar meus amigos. Só de me ver, perceberam.

— Você contou?! — gritou Raquel.

Fiquei quieto. Dona Sueli veio lá de dentro, muito séria. Chamou Raquel e André. Se havia alguma dúvida, acabou nesse instante.

— Sacana! Eu te arrebento! — ameaçou André.

Queria que o chão se abrisse para eu me esconder. Os dois entraram na sala. Ricardo me encarou, furioso.

— Dedo-duro!

Quis me defender:

— Dedo-duro, não! Desde o começo fui contra o que eles fizeram. O Geraldo é menor que a gente. Não fala nem ouve direito!

Ricardo continuou sério.

— Mas você não tinha o direito de contar. Agora a Raquel e o André estão numa fria.

Terminou de falar. Virou as costas.

— Ricardo, não fala assim. Não fiz por mal.

— Você não é de confiança.

Entrei na sala. Aula de Artes. A professora deu argila. Cada um devia criar o que quisesse. Amassei o barro com raiva. Nem o Ricardo, nem o André, nem a Raquel conseguiriam avaliar e entender minha situação. Tive saudades do meu primo Rodolfo, lá do Paraná. Com ele, tudo era mais simples. A gente brincava, brigava. Tudo se ajeitava, sem implicância, nem raiva, ódio, nada.

Dali a pouco, dona Sueli bateu na porta. A professora abriu, ela entrou com Raquel e André. Raquel estava com o rosto em chamas. André, com um bico igual ao de um pato. Pediram licença, pegaram as mochilas, as lancheiras.

— Que aconteceu? — perguntou a professora.

— Foram suspensos — explicou a orientadora.

Olhei para Raquel: desviou o rosto; André, não.

— Foi culpa daquele traidor — disse.

Os outros alunos me olharam, espantados.

— Eu não traí ninguém!

Raquel virou-se, disse em voz alta:

— Dedo-duro. É isso que você é.

— Silêncio! — pediu dona Sueli.

Os dois saíram. Olhei para Ricardo. Ele me ignorou, fingiu que não me via.

Na saída da escola fiquei sabendo. A situação de Raquel e André era horrível. Os pais seriam chamados pela direção, para conversar. Voltei para o apartamento, triste. Tio Samuel tocava piano. Sentei na sala, ouvindo a música. A tristeza foi aumentando. Joelma entrou na sala. Arrumou as almofadas do sofá.

— Ih, já vi que está de cara amarrada.

Continuei em silêncio. Ela sempre me provocava. Eu não respondia. Tio Samuel não gostaria que eu brigasse com ela. Voltou para a cozinha. Senti cheiro de café. Não demorou muito, acabaram-se as músicas. Ouvi quando tio Samuel desceu a tampa do piano. O ruído do banquinho afastando-se. Joelma entrou no gabinete. Serviu café. Meu tio veio para a sala, com a xícara na mão.

— Que foi, Felipe? Está jururu!

— Deu confusão na escola. Briguei com a turma toda.

— Isso passa! Quando eu era pequeno, também vivia brigando.

Antes que fosse tarde demais, resolvi contar tudo. Queria que ele soubesse. Teria certeza de que eu tentava ser um bom menino. Quem sabe, até me elogiaria.

Desfiei a história toda. Detalhe por detalhe. Aos poucos, tio Samuel foi ficando sério. Quando terminei, estava de cara fechada. Como se uma tempestade desabasse no seu rosto. A voz tornou-se áspera. Como se tivesse uma lixa na garganta. Nunca tinha conversado comigo desse jeito.

— Quer dizer que você delatou seus amigos?

Abri a boca, surpreso! Delatar... delatar, ou seja, dedurar, era a última coisa que esperava ouvir.

— Eu não fiz por querer! — tentei me defender.

Ficou ainda mais sério.

— Ninguém faz uma coisa dessas sem querer. Pra mim, o pior defeito do mundo é alguém ser dedo-duro.

Gelei. Tio Samuel parecia tão bravo! Eu não sabia mais como me defender.

— Vá para o seu quarto. Não quero papo com você.

Já tinha ouvido a expressão "rabo entre as pernas". E nesse momento entendi seu significado. Corri para o meu quarto. Sentei na cama. E se ele me mandasse embora, o que seria de mim? Na estante, o videogame. Os brinquedos. Apalpei o travesseiro fofinho. Tudo aquilo era bom. Mais que tudo, eu morreria de saudades do meu tio. Nunca, nunca ninguém tinha me tratado tão bem! Deitei a cabeça no travesseiro e chorei, chorei. Puxa, como era difícil fazer a coisa certa!

Até aquele dia, eu achava que todos os adultos tinham a mesma opinião. Sabiam o que era certo ou errado. Nunca pensei que meu tio pudesse discordar de dona Sueli. Agora eu sabia. O que era certo para dona Sueli não era certo para o meu tio. A mãe do Geraldo era capaz de me agradecer. A da Raquel, de me proibir de entrar em sua casa.

Chegou a hora do jantar. Joelma estava sozinha. Colocou um prato na minha frente, de má vontade.

— Seu tio saiu.

Comecei a comer em silêncio.

— Aposto que você aprontou alguma.

— Joelma, me deixa em paz!

Ficou ainda mais brava.

— Não me responde desse jeito! Mal-educado.

— Joelma, nunca fiz nada pra você! Estou cheio de você me tratar mal.

Ela cruzou os braços.

— Você é um sapo. Um sapo que quer virar príncipe. Mas vai continuar sendo sapo o resto da vida. Tomara que o seu Samuel mande você de volta pro seu avô! Tomara!

Perdi a paciência.

— Não se meta na minha vida, Joelma. Você ganha salário pra cuidar da casa!

— Que conversa é essa? — Tio Samuel estava parado na porta, furioso.

Joelma se encolheu, fez ar humilde.

— É assim que ele faz quando o senhor não está por perto: grita comigo.

Fiquei sem ação. Ele abanou a cabeça.

— Termine de comer e vá deitar.

Voltei para o quarto. Estava dando tudo errado comigo! Pensei na minha vida, desde a enchente até aquele dia. Tudo ia de mal a pior. Talvez ele me devolvesse, sim. Quem sabe não seria melhor voltar para o Paraná. Mesmo perdendo todas as oportunidades que tio Samuel podia me oferecer. Ao mesmo tempo, sentia uma tristeza danada. Como se a minha vida não fosse minha de verdade. Deitei cedo. Fiquei rolando na cama. Só consegui pegar no sono de madrugada. No dia seguinte, acordei em cima da hora, todo atrapalhado.

Enquanto tomava café, Joelma me encarava.

— Hoje de manhã seu Samuel ligou para a escola.

Decidi não responder.

— Queria falar com uma tal de dona Sueli a seu respeito!

Fiz que nem ouvi. Fiquei firme. Terminei. Peguei a mochila, a lancheira e saí.

Durante as aulas, quase ninguém conversou comigo. Já sabiam de tudo. No recreio, percebi que cochichavam, falavam de mim:

— Foi por culpa dele que a Raquel e o André foram suspensos.

Ricardo continuou me evitando. À tarde, cuidei sozinho do meu canteiro. Dava tristeza ver o canteiro da Raquel: tirei o mato, ajeitei. Como era horrível se sentir isolado.

Quando cheguei no prédio, tive uma surpresa. Raquel e André estavam de tocaia. Mal entrei no saguão, vieram pra cima de mim. Quando eles se aproximaram, recuei.

— Ah! Rá! Ficou com medo da gente, hein?! — ameaçou André.

Ergui a cabeça.

— Medo coisa nenhuma. Só não quero saber de briga.

— Tem medo que o seu Samuel ponha você pra fora? Tem medo de voltar pra favela? — gritou Raquel.

— Eu não morava em favela! E o meu tio nunca vai me pôr pra fora, nunca!

— Ele não é seu tio! — disse Raquel.

— Sabemos de tudo. Você era filho da empregada que morreu. Só está aqui por caridade!

Tive vontade de chorar. Corri para o botão do elevador, apertei bem forte.

— Devia voltar pro lugar de onde saiu, dedo-duro! — continuou Raquel.

— Você é que é ruim, Raquel! Foi fazer maldade para um menino menor que você!

O elevador chegou. Fui abrir a porta para subir. André me impediu.

— Tá fugindo? Tá pensando o quê? Que tudo vai ficar assim?

— Não quero papo!

Ele me deu um chute na canela. Revidei com um empurrão. O chão era liso. André foi parar do outro lado do saguão. Raquel agarrou minha mochila. Puxei de volta. Ela começou a gritar que nem louca e puxou meus cabelos. André veio por trás. Prendeu minha garganta. Quis me dar uma chave de braço. Meti os dentes! Foi uma gritaria. O porteiro veio correndo.

— Não têm vergonha? Dois contra um? E você, Felipe, o que deu em você? Parece um bicho!

André gritava:

— Ele me arrancou um pedaço.

— Mordeu que nem cachorro! Vira-lata! — xingou Raquel.

— Quietos! — ameaçou o porteiro.

Chamou tio Samuel e a mãe de André pelo interfone. Ele foi o primeiro a descer.

— Que foi agora?

Tentei me defender:

— Eles estavam aqui de tocaia, me esperando e brigaram comigo.

Ficou ainda mais bravo.

— Pare de botar a culpa nos outros. Venha, Felipe. Vá se trocar.

Subi. Não havia dúvida. Minha situação havia piorado! Quando entrei, ele chamou Joelma.

— Arrume uma toalha para o Felipe. Ele precisa tomar um banho.

— Já tomei de manhã!

Senti seus olhos me observando.

— Não interessa! Está com a roupa suja. Esfolou o joelho. É o que dá brigar! Ainda por cima, vou ter de ligar para os pais dos outros, pedindo desculpas. Vá tomar um banho e fique no seu quarto!

Olhei para Joelma. Me deu uma raiva danada, ela parecia vitoriosa.

Depois do banho, deixei a porta do quarto meio aberta. Então ouvi meu tio ao telefone:

— Criança é assim mesmo. Desculpe. Eu garanto que não vai mais acontecer.

Estava se desculpando com as mães dos outros. Tentei jogar *videogame*, não consegui. Minha cabeça não se concentrava. Dali a algum tempo, Joelma veio com uma bandeja. Um copo de leite, sanduíche de queijo e presunto.

— Seu tio mandou trazer.

Sabia que dela viria provocação. Ela fez questão de informar:

— Tiveram de fazer um curativo no braço do André. Sua mordida foi pior que a de um buldogue.

— Ele quis me enforcar.

— Não justifica!

Fiquei furioso. Despejei:

— Tudo por sua culpa, Joelma! Quem é que foi contar pra família do André que eu era filho da empregada? Ninguém sabia! Nem precisava saber!

— Contei, contei sim. Contei pra mãe dele. Ele estava perto e ouviu. E daí? É verdade!

Deu de ombros. Continuou:

— Não sei por que seu Samuel quis trazer você pra cá. Quando me deu o emprego, disse que não queria criança no apartamento. Fui proibida de trazer o meu filho. Fica o dia todo com a vizinha. Mas você não, ganhou até televisão no quarto. Como se fosse melhor que o meu filho.

Entendi tudo.

— É inveja, Joelma.

— Engula sua língua, menino. O meu filho é muito melhor que você!

Deu de ombros.

— Ainda bem que meu patrão está abrindo os olhos.

Fui para a porta do quarto.

— Joelma, não perde por esperar! Vou falar com ele. Contar tudo o que você está fazendo comigo.

— Ele já saiu. Foi fazer compras e depois jantar fora, com uma amiga.

Fiquei assustado. Ele sempre vinha se despedir quando saía. Joelma fez ar de desprezo.

— Seu moleque, pode contar o que quiser. Quero ver se ele acredita. Dedo-duro!

Ela saiu do quarto. Peguei o copo, bebi um pouco de leite. Estava com fome, mas nem tinha vontade de comer. Era horrível ser chamado de dedo-duro novamente! Resolvi que não contaria mais nada a ninguém. Deitei na cama, pensativo, indeciso, carente.

Ouvi quando Joelma foi embora. Passou um tempo e a porta se abriu. Era Ofélia. A cachorrinha correu para a minha cama. Sempre fazia isso, embora tio Samuel fosse contra. À noite, ele queria que ela ficasse presa na área de serviço. Com certeza, tinha fugido de novo! Abracei Ofélia. Foi bom sentir o calorzinho de seu corpo. Lambeu meu rosto. Quase chorei de felicidade. Fui ficando mais calmo. Adormeci.

Acordei com um rosnado. Latidos de felicidade. Ruído de chave na porta. Ofélia pulou da cama, correu para a sala. A porta do quarto ficou escancarada. Tio Samuel voltava. Percebi que não estava sozinho. Ouvi a voz de Lavínia. Olhei o relógio. Era cedo, ainda. Estava vestido, mas continuei deitado na cama. Sem fazer barulho. Não queria incomodar meu tio. Embora nem soubesse se continuava sendo tio. Sem querer, ouvi a conversa.

— Obrigado por ter vindo, Lavínia — ele disse à amiga.

— Você queria conversar, Samuel?

— Nunca pensei que fosse tão difícil educar um menino — ele desabafou.

Minhas orelhas se ergueram, fiquei antenado. Falavam de mim!

— Samuel, sei como é — concordou Lavínia. — Criei minha filha praticamente sozinha. Ainda bem que já está na faculdade.

— Pois é. Eu achava que bastava trazer o Felipe para cá, botar numa boa escola, cuidar bem. Mas não é tão simples assim. Hoje ele rolou no chão brigando com um garoto do prédio e com uma menina da escola. Ficou todo esfolado.

Lavínia riu.

— Isso acontece.

— Se fosse só a briga. O que me assusta é o caráter dele — continuou tio Samuel.

— Caráter?

— Às vezes, o Felipe parece um anjo. Eu nem acredito que um menino possa ser tão bonzinho. Ele nem parece humano, você acredita? Basta eu abrir a boca e ele me entende. Fica na dele, quietinho, estuda.

— Deve ter medo de você.

— Medo por quê, Lavínia? Nunca tratei mal.

Ouvi a voz dela, compreensiva:

— Ele quer agradar você, não quer te decepcionar.

Pelo visto, ela me entendia. Ainda bem! A voz de tio Samuel ficou mais pesada:

— Já pensei nisso. Mas não é tão simples. Às vezes penso que o Felipe tem dupla personalidade. Hoje conversei muito com a orientadora da escola. Descobri que, longe de mim, ele tem uma personalidade completamente diferente. Lá ele brinca, ri, é superextrovertido. Perto de mim, parece um caramujo!

Era demais! Já tinha sido chamado de cachorro. Agora, de caramujo! Tio Samuel continuou, preocupado:

— Sabe, ontem aconteceu um problema na escola. Ele delatou dois amigos. Por causa disso, os dois foram suspensos e vieram brigar com ele. De todos os defeitos do mundo, o pior, para mim, é ser dedo-duro!

Deu vontade de sair gritando que eu não era isso. Mas tive medo. Lavinia suspirou.

— Talvez seja mesmo um problema de caráter, sim. Até mais difícil de consertar. Mas para tudo há um jeito.

A voz de tio Samuel era triste.

— Pois é. Sempre sonhei em ter um filho. Quando minha mulher morreu, decidi adotar um. Você sabe como fiquei entusiasmado ao saber do Felipe. Pensei que seria meu companheiro, meu amigo. Mas agora... eu não sei não. É mais difícil do que eu imaginava.

Lavinia respondeu firmemente:

— É cedo ainda! É preciso pensar bem, Samuel. Existe um período de adaptação, é claro. Você vai se adaptar ao Felipe e ele a você. Mas, às vezes, isso é complicado, pode não dar certo. O Felipe já veio para cá crescido. É difícil mudar certas coisas.

A cada palavra que eu ouvia, meu sufoco aumentava. Ela continuou falando:

— Mas sempre é tempo de desistir, Samuel.

— Desistir?

— Pense bem. Se for o caso, devolva o Felipe para a família dele. Você disse que ele tem avô, tios.

Deu vontade de chorar, gritar, sumir! Bater a cabeça na parede. Ambos ficaram em silêncio. Dali a algum tempo, meu tio declarou com voz fraca:

— Mas eu não posso fazer isso com uma criança. Devolver para o avô no Paraná?

— Se você acha que não vai dar certo, é o melhor. Você ajuda de vez em quando.

Nem consegui ouvir mais nada. Minha cabeça doía. Eles continuaram falando, um tempão. Minha vida estava sendo decidida naquela sala. Sem que eu pudesse interferir.

Devolvido! Devolvido como se não fosse gente. Devolvido! Talvez a Raquel tivesse razão. Talvez eu fosse mesmo como um cachorro de rua. Sem casa, sem dono. Um vira-lata.

Vira-lata sim, vira-lata!

5. Massa de modelar

O dia seguinte era sábado. Na sexta, a aula acabou mais cedo. Cheguei ao apartamento, tio Samuel estava caladão. Joelma havia deixado uma torta de frango pronta antes de ir embora. Comemos sem conversar quase nada. De repente, éramos como dois estranhos. Entrei no meu quarto, procurei o número do telefone do emprego de tia Noeli: estava anotado em um caderno. Ouvi o piano. Enquanto ele tocava, corri para a sala, liguei. Minha tia se surpreendeu.

— O que foi que você aprontou?

Tive de insistir. Precisava falar com ela. Prometeu me encontrar sábado à tarde, numa pracinha perto do prédio.

No dia seguinte, saí sem falar nada para meu tio Samuel. Esperei um tempão. Ela apareceu nervosa, atrasada.

— Eu me confundi com a condução.

— Tia, ele vai me mandar embora.

Contei e desatei a chorar. Ela me abraçou. Mal me conhecia, mas tinha um temperamento bom, era carinhosa.

— Diz o que aconteceu, Felipe.

Comecei com a história do bombom com pimenta. Falei da briga no saguão.

Tia Noeli me atacou.

— Quer dizer que você ficou com vergonha da sua mãe, só porque era empregada? Então você tem vergonha de mim?

Minhas orelhas escaldaram. Não tinha pensado nisso.

— Não, tia Noeli, não tenho! Não é nada disso!

— Pois então devia ter respondido: "Minha mãe era empregada doméstica sim, com muito orgulho!".

Estava tão confuso! Lembrei da minha mãe, do meu pai. Bateu uma tristeza.

— Mas as pessoas não pensam assim, tia. Lá no colégio, todo mundo tem dinheiro. Até os mais pobres têm mais dinheiro do que a nossa família. Todo mundo quer saber que carro cada um tem, se viajou pra Disney...

— E daí? — ela perguntou.

Eu não sabia responder. Percebi que ela estava furiosa.

— Quer saber de uma coisa? Esse seu Samuel está estragando você!

Tia Noeli começou a falar sem parar. Parecia uma matraca. Eu não sabia que era tão inteligente. Tudo que ela disse tinha a ver. Explicou que não se pode julgar uma pessoa pelo que ela tem ou deixa de ter:

— O que conta é o caráter.

— Mas eu ouvi o tio dizendo que não tenho bom caráter!

Ela resmungou.

— Na minha opinião, ele não passa de um chato. Nem tentou entender seus motivos. Está agindo como se você fosse um brinquedo. Agora se cansou e quer devolver? Felipe, você vai voltar.

— O quê?

— Vai voltar pra casa do seu avô. A lei manda que exista um período de convivência, de experiência. Pois muito bem, a experiência acabou.

— Mas lá nem tem lugar pra mim!

— O meu irmão, que é seu avô, vai dar um jeito. Se precisar, eu mando um pouco pra ajudar. O que você não pode é viver assim, dependendo do favor de um estranho!

Fomos diretamente para o apartamento do tio Samuel. Desta vez, tia Noeli entrou com passos firmes. O som do piano tomava todo o apartamento. Ela bateu palmas, bem forte.

— Ó de casa.

Ouvi o piano parar e o ruído do banquinho sendo afastado. Tio Samuel entrou na sala, estranhou:

— A senhora?

— O menino vai voltar, comigo.

Ele se surpreendeu.

— Acho melhor você ir para dentro, Felipe — disse ele.

Ah, não! Ficar no quarto, enquanto resolviam minha vida?

— Não quero!

— Acho melhor mesmo que fique! — reforçou tia Noeli.

Quem começou a falar foi ela. Contou sobre nossa conversa. E até do meu medo de ser mandado embora.

— Eu só sei, seu Samuel, que criança não é cachorro, pra ser dado e devolvido. Quando o senhor resolveu criar este menino, devia estar consciente de que todo mundo passa por dificuldades. Até com filhos legítimos.

Tio Samuel endureceu o rosto.

— Não há coisa que eu ache mais horrível do que ser dedo-duro.

— Eu só contei pra agradar o senhor! — gritei, em lágrimas.

Ele me olhou, firme.

— Eu sei.

— Como é que sabe?

— Conversei com a orientadora da escola. Ela me disse que você contou para se dar bem. Achando que eu podia ficar bravo. Contou por interesse. É o que me deixa mais triste. Por interesse!

Tia Noeli perdeu a paciência.

— Felipe, vamos para o quarto.

Corri até lá. Tio Samuel ficou parado na sala, sem ação. Ela entrou, pegou a mala com que eu tinha chegado. Jogou roupas, cadernos. Estava tão nervosa que nem dobrava nada. Foi enfiando do jeito que dava. Perguntou onde estavam as outras roupas. "Na lavanderia", expliquei. Ela foi até lá. Minhas camisetas, cuecas e calças estavam jogadas numa bacia. Tinha até bolor em cima. Tia Noeli abanou a cabeça e resolveu deixá-las ali mesmo.

— Felipe, hoje eu falo com a patroa e você dorme no apartamento. Amanhã ou depois volta para o Paraná.

Fomos para a sala. Tio Samuel olhava pela janela em silêncio. Tia Noeli ainda provocou:

— Seu Samuel, não se preocupe, ele não vai mais incomodar o senhor. Eu sou responsável por essa história toda. Aquela vez vim só lhe falar, pedir ajuda. Acabou que o senhor resolveu criar o menino. Deu nisso.

Tio Samuel se virou para mim, triste:

— Se quiser, pode ficar mais uns dias, precisamos providenciar a transferência da escola.

Era verdade! Estava me descartando como se eu fosse um palito de sorvete!

— Seu Samuel, aqui ele não fica! Para ser maltratado pela sua empregada?

— O quê? — surpreendeu-se meu tio.

— Quem você pensa que saiu espalhando pelo prédio que ele não era seu sobrinho, mas filho de uma doméstica que morreu? Vá olhar a maior parte das roupas dele! Estão numa bacia, emboloradas.

Ele parecia arrasado.

— Por que não me contou sobre a Joelma, Felipe?

Quase chorei! Nem isso ele era capaz de entender?

— Se eu contasse, aí é que o senhor ia me chamar de dedo-duro!

— Mas é diferente!

Mais brava do que nunca, tia Noeli me pegou pela mão.

— Como quer que o menino entenda, se nem eu mesma sei o que é certo ou errado numa situação dessas? Olha, seu Samuel, o senhor pode ser um pianista famoso, tem um belo apartamento e tinha uma chácara linda, onde os pais deste menino trabalhavam. Mas se não consegue cuidar da própria empregada, como quer educar uma criança?

Ele ficou sem palavras. Soltei a mão da tia Noeli, corri até ele. Abracei. Apesar de toda a mágoa, tinha me feito bem.

— Adeus, tio Samuel.

— Adeus, Felipe!

Ofélia latiu. Corri até ela, que me lambeu o rosto. Parecia estar entendendo tudo o que acontecia.

— Adeus, Ofélia.

Então fui embora, com o rosto molhado de lágrimas. Sentiria saudades. Não vou mentir. Claro que ia sentir falta do meu quarto, do banheiro, do *videogame*, da escola cheia de árvores, das aulas de Artes e de capoeira. Mas também ia sentir falta da Ofélia. E, principalmente, saudades dele. Do meu tio Samuel.

Chegamos ao apartamento em que minha tia trabalhava. Ela conversou com a patroa. Era uma senhora idosa, bem gorda, que usava enormes brincos de ouro. Quis me conhecer e me deu um bombom. Até tive esperança de que pedisse para eu morar lá. Mas nem tocou no assunto.

Deu licença para eu dormir num colchão, no quarto de tia Noeli. No outro dia, tomei café na cozinha. Tia Noeli explicou que passava o domingo descansando. Eu poderia ver televisão com ela. Já havia telefonado para o meu avô. Ele viria me buscar.

Um pouco antes do almoço, o interfone tocou. Tia Noeli atendeu — a família toda tinha ido comer fora. Percebi que estava surpresa quando colocou o aparelho no gancho.

— É ele: seu Samuel. Quer falar com você. Mas eu não posso deixar subir. Pedi para esperar no saguão.

— Tia, não quero falar com ele!

— É melhor você ir, sim. Se ele veio até aqui, deve ter uma boa razão.

Desci de cara amarrada. Ao mesmo tempo, me deu uma baita emoção. Meu coração disparou. Ele me esperava sentado no sofá do *hall*. Fiquei parado, olhando. Notei que estava com olheiras, cabelo despenteado. Nas mãos, trazia o álbum de casamento de meus pais.

— Ontem à noite, depois que você saiu, fui até seu quarto. Sabe que a colcha da cama ainda tinha seu cheiro?

— Deve ser porque derramei um perfume! — quis explicar, sem entender direito o que estava acontecendo.

Ele sorriu para mim e disse:

— Passeei pelo quarto lembrando de você. Aí, abri a gaveta da escrivaninha e encontrei o álbum. Na pressa de sair, você deixou.

Peguei o álbum de suas mãos. Na primeira página, minha mãe de noiva, meu pai de terno. Deu um nó na garganta.

— Sabe, Felipe, eu tinha o endereço da sua tia anotado, então resolvi trazer o álbum. Mas...

Senti que ele me olhou do mesmo jeito que no primeiro dia.

— Eu não queria que você fosse embora, Felipe. Fica comigo.

Tio Samuel abriu os braços. Apertei bem forte. Quase derrubei o álbum no chão, mas não me importei. Era tão bom sentir que ele ainda gostava de mim!

Interfonamos para o apartamento e chamamos tia Noeli. Ela ouviu tudo de tio Samuel com uma expressão esquisita.

— De que adianta ele voltar para daqui a alguns dias o senhor devolver de novo?

Abanando a cabeça, tio Samuel afirmou:

— Pensei muito essa noite toda. Acho que eu e o Felipe temos de aprender a conversar. A ter diálogo.

Peguei a mochila de volta. Minha cabeça estava superconfusa.

Principalmente porque no dia seguinte meu tio despediu a empregada. Joelma ficou furiosa. Disse que eu era dedo-duro. Que não merecia tudo o que ele estava fazendo por mim.

Tio Samuel falou abertamente: "Não foi ele quem me contou. Eu mesmo vi as roupas emboloradas. Descobri sua má vontade, Joelma".

Fizeram o acerto de contas. Meu tio pagou tudo o que devia e um pouco mais. Ela partiu, furiosa.

— Eu não consigo entender, tio! Quando eu contei da Raquel e do André, você me disse que eu era dedo-duro. Quando a Joelma fez fofoca pelo prédio todo contando que eu não sou seu sobrinho de verdade, ninguém disse que ela era dedo-duro. E depois, quando tia Noeli contou que a Joelma me tratava mal, você não disse que ela era delatora. Agora eu não sei mais quando é e quando não é!

Ele refletiu por algum tempo:

— Pensa que eu também sei, Felipe? Sabe o que eu acho, de verdade?

— Diz, tio.

— É seu coração que deve falar.

Continuou a conversar durante algum tempo:

— Tem gente que é como massa de modelar. Gente cuja forma de agir muda de acordo com a situação. Dependendo do que pode ganhar. Quer tirar proveito, levar vantagem passando por cima de tudo e de todos. Isso é que eu não gosto de ver, Felipe.

— Acho que agora estou entendendo, tio.

— Você ainda é uma criança. É natural que não entenda certas coisas. Quando eu briguei com você, fiquei com medo de que pudesse ser assim, um menino feito de massa de modelar. Você não pode agir, Felipe, pensando só no que eu gosto ou não gosto. Tem de ser como você é.

— E se você não gostar de mim?

— Você precisa ser sincero. Eu também. Se eu não gostar, vamos bater um papo. Chegar a uma conclusão, juntos.

Voltei para as aulas só na terça-feira. Duas coisas muito importantes estavam na minha cabeça.

Primeiro: eu não queria ser um menino feito de massa de modelar!
Segundo: tio Samuel gostava de mim! E eu, dele!

6. Rabo de foguete

Na escola, as coisas também não foram fáceis. Raquel continuava querendo vingança. Assim que acabou a suspensão, contou pra todo mundo que eu era filho dos ex-caseiros do meu tio. Que nem era tio. Mas agora eu estava tranquilo. Quando vinham me perguntar se era verdade, respondia:

— É sim. Eles morreram num acidente.

Descobri que cada um tem sua reação. Alguns passaram a me tratar mal, como se aquilo fosse uma coisa feia. Outros continuaram normais. Duas meninas me contaram histórias parecidas com a minha. Eram de famílias pobres. Uma era bolsista. A outra era rica, mas tinha uma vida curiosa. Seu pai tinha sido tão pobre que, quando criança, passava dias sem comer. Quando cresceu, começou a trabalhar de pedreiro. Conseguiu montar uma loja de material de construção. O ponto era bom e ele, trabalhador. Hoje tinha uma das maiores lojas da cidade. Era riquíssimo.

— Toda a minha família trabalha com ele — contou minha nova amiga, Kátia. — Mas tem uma porção de parentes meus que ainda vive na favela. Eu mesma, quando era bem pequena, vivia num barraco!

Fiquei surpreso. Ela não escondia isso de ninguém. Tinha até orgulho em contar!

O mais legal é que acabei fazendo as pazes com Raquel, André e Ricardo. Não foi de uma hora para outra. Mas eu vi que, sem minha ajuda, as roseiras de Raquel não iam bem. Um dia comecei a dar uma mãozinha sem falar nada. Ela também ficou calada, mas foi pegar mais adubo. André gritou:

— Ei, Raquel, você está junto com o dedo-duro!

Ela continuou calada. Eu disse:

— Acho que aquele botão vai desabrochar.

— É. Acho que vai — ela concordou.

Aos poucos voltamos a bater papo. Ricardo logo se integrou. André foi o último a se aproximar. Mostrou o braço.

— Você deixou até cicatriz. Se me morder de novo, fica sem dente!

Olhei a pele. Havia duas marquinhas brancas, bem pequenas. Seriam meus dentes?

Geraldo nunca mais se aproximou de Raquel, Ricardo e André. Só de mim. Às vezes sentava do meu lado durante as aulas de Artes. Que incluía pintura. Ultimamente, a professora dava argila para a gente modelar. Enquanto eu mexia na argila, pensava:

— A gente é que nem esse pedaço de barro. Pode ficar de um jeito, pode ficar de outro. Depende do que quer fazer.

Com o tempo, voltamos a ser os antigos mosqueteiros. Até refizemos o juramento, já que da primeira vez não funcionou direito.

— Um por todos, todos por um!

Mas é claro que não durou muito tempo. Acabei tendo a prova de fogo.

Certo dia, a vizinha da Raquel foi colher uma goiaba. Não havia uma sequer. Nós havíamos comido todas. No dia seguinte, apareceram uns pedreiros. Instalaram uma tela enorme, separando os dois muros. Impossível de escalar. Ficamos furiosos. Era uma delícia comer goiaba no pé.

— Aposto que ela vai deixar todas as goiabas apodrecerem!

— Pão-dura! — concordei com Raquel.

Não demorou muito, Raquel teve uma ideia. Era seu jeito de ser, sempre pensando em vingança.

— O gato da vizinha vive pulando para o quintal lá de casa.

— E daí?

— E daí que se a gente não pode ir no quintal dela, ele também não pode vir no meu!

Tentei explicar:

— Mas, Raquel, o gato não pensa. Ele nem está sabendo da história das goiabas. Gato é gato! Aliás, gato nem come goiaba!

Mas eu sabia. Ela queria atingir a vizinha fazendo pirraça, usando o inocente gato. André teve a ideia:

— A gente amarra um foguete de São João no rabo do gato e acende.

Lá no Paraná, já tinha visto isso ser feito uma vez. O gato tinha voado! Ricardo, como sempre, ficou de fora.

— Pra começo de conversa, é superperigoso mexer com foguete. Soube de um menino que perdeu os dedos.

— É só tomar cuidado! — disse André.

Raquel e André arrumaram o foguete. O gato era arisco. Mas estava acostumado com Raquel. Ela o pegou no colo. Era um gato peludo, com um rabo lindo. Mestiço de angorá.

Bem devagarzinho, André amarrou o foguete. Fiquei olhando, enquanto tomava um suco que a mãe da Raquel tinha feito. Pensei no rolo que ia dar. A vizinha ia fazer um escândalo. Querer saber quem foi. Olhei para o Ricardo. Também tomava o suco, vendo tudo de longe. Era esquisito o jeito dele. Sempre do contra, mas nunca fazia nada. E eu?

Pensei em mim. O que eu queria, de verdade? Lembrei do conselho de tio Samuel.

Deixei meu coração falar.

E meu coração disse que estava com pena do gato. Certamente, André e Raquel seriam castigados quando os outros descobrissem. Mas e daí? O gato continuaria de rabo "escaldado". André já estava pegando o fósforo. Fui até eles e derramei o copo de suco em cima do foguete. O bichano deu um pulo e saiu correndo. O foguete de papelão molhado se partiu em dois. O gato correu, com um pedaço no rabo.

— Traidor — gritou Raquel.

— Pode me chamar do que quiser. Coitado do gato! Eu só fiz o que acho certo.

André ameaçou:

— Você vai ver.

Discutimos.

— Você não é mais mosqueteiro! Aliás, nunca devia ter sido! — disse Raquel.

Para minha surpresa, Ricardo entrou na conversa.

— Pois ele está certo. Esse negócio do gato ia dar a maior confusão.

— Eu ia morrer de rir! — disse André.

— Vou para o apartamento do meu tio — avisei.

— Ele não é seu tio! — continuou Raquel.

— Para mim é como se fosse parente! — respondi.

Fui embora. Magoado, é claro. Raquel, quando ficava nervosa, falava coisas horríveis.

Quando cheguei, tio Samuel estranhou.

— Que cara é essa?

Contei tudo. Ele me abraçou.

— Parabéns, Felipe. Você fez o que achava certo.

Minha história podia terminar aqui. Mas vale a pena contar o que aconteceu depois. Pensei que os mosqueteiros nunca mais seriam meus amigos novamente. Durante vários dias, Raquel e André ficaram emburrados. Nem me cumprimentavam. Pelo que percebi, tinham desistido de pegar o gato. No fim de semana, voltamos a conversar. Mas agora isso já faz tempo. O tempo foi passando, brigamos muitas outras vezes. Sempre voltamos a ficar de bem.

Ultimamente tenho notado que Raquel está ficando mais bonita. Outro dia, peguei o cabelo dela e fiquei enrolando na minha mão. Ela não disse nada. Sorriu. Quando os outros chegaram, levantou depressa. Disfarçou. Mas estava vermelha que nem um tomate! Qualquer dia desses, vou tentar dar um beijo nela. Acho que vai me beijar também!

Em geral, quando leio os livros, as histórias todas têm um final quase sempre feliz. Como se fosse um barbante, com todas as pontas se amarrando. Eu bem que gostaria de ter um final bem certinho. Mas a vida não é assim. Às vezes, para lembrar dos meus pais, eu folheio o álbum com as fotos de casamento. É esquisito, mas certos dias nem consigo lembrar de como eram. Da voz e do cheiro. Do meu irmãozinho, então, menos ainda! Quando chega o dia das mães e dos pais, sempre choro. Penso como era bom o abraço de mamãe. Das noites em que eu tinha medo e saía da minha cama para deitar na deles, quando era bem pequeno! Também, às vezes, falo com vovô e tia Noeli, por telefone. Meu primo Rodolfo conseguiu uma bolsa num colégio interno. Logo vai estar numa cidade do interior de São Paulo e vamos nos ver mais vezes.

Mas também gosto da vida de hoje. Eu me apeguei demais ao tio Samuel. Acho que, assim como eu me acostumei com ele, ele se acostumou comigo. Precisamos um do outro. Batemos longos papos. Ele me conta de sua vida, suas viagens. Eu falo da escola. Mostro as estátuas de argila que faço nas aulas de Artes. Ele diz que são muito bonitas. Bota na estante. Muitas vezes, sem notar, eu chamo meu tio de pai. Da primeira vez que isso aconteceu, ele ficou me olhando de um jeito esquisito. Das outras, não disse nada. Mas sorriu. Um sorriso diferente, que dá um calorzinho no meu coração.

Autor e obra

Eu queria ser escritor desde os 12 anos de idade. Lembro que nessa época escrevi um romance. Devia ser pavoroso. Mas perdi o caderno e nunca pude conferir. Mais tarde fiz faculdade de jornalismo. Durante muitos anos trabalhei como repórter em várias revistas e jornais. Atualmente escrevo uma crônica quinzenal para a revista *Veja São Paulo*. Sempre escrevi nas horas vagas. Lancei meu primeiro livro aos 28 anos. É um romance infanto-juvenil. Depois fui para o teatro e montei várias peças. Hoje estou também na televisão. Escrevo minisséries e novelas. Entre elas adaptei *O Guarani*, de José de Alencar, e escrevi as novelas *Xica da Silva* e *Fascinação*.

Tornei-me um escritor profissional. É raro encontrar alguém que vive só de escrever, mas, garanto, é uma vida deliciosa. Acho que a melhor coisa da vida é poder trabalhar naquilo que a gente gosta! Os meus livros infantis e juvenis sempre debatem um tema polêmico. Já escrevi sobre racismo e sobre aids, por exemplo. Desta vez, o tema é bem complicado. Contar ou não contar quando alguém faz uma coisa que a gente considera errada?

Bem, se você acha que eu tenho uma resposta pronta, enganou-se. Quando comecei a escrever este livro, eu tinha muitas certezas. Mas um escritor vive junto com seu personagem. O Felipe estava tão vivo dentro de mim, que até parecia uma pessoa da família. Passei a olhar a situação do ponto de vista dele. Não era nada fácil. De uma hora para outra, eu já não tinha tantas certezas. No fim, percebi que era bom ter dúvidas. Fazer perguntas. Uma pergunta pode ser mais importante do que qualquer resposta. Uma atitude pode depender de um ponto de vista. Ou da situação de cada um. Foi isso que eu descobri quando escrevi a história do Felipe. A fazer muitas perguntas e a procurar as respostas dentro do coração.

Walcyr Carrasco